Andreas Heßelmann
Bender – Sechs Wochen
Eine Geschichte

© 2015/Andreas Heßelmann
2. korrigierte Auflage

Autor: Andreas Heßelmann
Umschlaggestaltung, Illustration:
Fotolia 67303510/Bank am Gardasee
Autorenbild: Rainer Simon
Lektorat, Korrektorat: Werner Deininger

Verlag: tredition GmbH, Halenreie 42, 22359 Hamburg
ISBN: 978-3-7439-6991-9 (Paperback)
ISBN: 978-3-7439-6992-6 (Hardcover)
ISBN: 978-3-7439-6993-3 (e-Book)
Druck in Deutschland und weiteren Ländern

Bibliografische Information der Deutschen Nationalbibliothek:
Die Deutsche Nationalbibliothek verzeichnet diese Publikation in
der Deutschen Nationalbibliografie; detaillierte bibliografische
Daten sind im Internet über http://dnb.d-nb.de abrufbar.

„Hast du gewusst,
dass nichts auf der Welt alleine bleibt?"
(Lisa)

Er fängt immer mit einem Quietschen an. Nahezu jede Nacht. Blockierende Reifen auf Asphalt. Viel zu lang. Natürlich ohne bremsende Wirkung. Dann das Platzen vorne rechts und das brachiale Scharren der Felge. Eines, wie es metallene Kiele von Booten hinterlassen, wenn sie über Kies, durch Sand oder über felsigen Untergrund ans Ufer gezogen werden oder welches ich, Tage bevor alles passierte, in Stanzlingers Spedition gehört hatte, als ein leerer Baucontainer aus dem Haken eines Krans rutschte, auf den Boden krachte und eine Betonrampe hinunterschrammte. Kreischendes Metall auf Beton.

Ohrenbetäubend. Dröhnend. Wummernd.

Ein Scharren, das dir plötzlich bei kleinsten Alltäglichkeiten begegnet und dich zusammenzucken lässt: Beim Hantieren mit Werkzeug, Öffnen eines schiefen und schleifenden Eisentores oder Herumschieben von Töpfen auf einem alten Herd.

Instinktiv. Unbewusst. Ungewollt.

Ich starre nach vorne. Jetzt erst erkenne ich den Laster. Hinter der unendlich langen Betonmauer rückwärts auf die Straße in die Fahrtrichtung unseres Autos rollend. Die Hebebühne auf halbe Höhe heruntergelassen. Nahezu gleichzeitig folgt das Bersten der Scheibe, das Splittern von Glas und nach einem grauenhaften, schrecklich schnalzenden Geräusch eine elendige Ruhe. Starre. Um uns herum ist alles schwarz.

Schließlich reißt das Licht an meinen Lidern.

Meine Füße beginnen zu zittern.

Die Beine.

Der Körper.

Die Arme.

Der Morgen greift mir mit scharfen Fingern ins Gesicht. Schweißgebadet reiße ich meine Augen auf und japse nach Luft.

Dieser Scheißtraum. Ich würde ihn nicht los.

Niemals.

Kein Therapeut der Welt, keine Medizin und Droge kann Bilder im Kopf löschen. Leider kann man sie auch nicht ablegen wie Kleider. Oder verschenken. Sie verdampfen und verfaulen nicht. Gehen nicht verloren und sterben nicht anstatt. Sind und bleiben da oben drin. Bis zum letzten Tag. In meinem Schädel.

Das Trommeln mit den Knöcheln meiner Hände auf ihm nützt nichts.

Sie fallen nicht heraus.

Verschwimmen nicht.

Bröckeln nicht auseinander.

Zum mindestens tausendsten Mal wischte ich mir über die Stirn und setzte mich auf. Schob ich mich nach hinten und lehnte mich an das Kopfende des Bettes.

Das Zweite neben mir war leer.

Seit 5872 Tagen.

Meine Seele war auf Dauer tätowiert. Ich rieb mir den rechten Oberschenkel. Spürte wieder ihre Finger, die sich krampfend in mein Fleisch krallten und es nach Sekunden fürchterlich langsam losließen. Egal wie oft ich umziehen oder mich betrinken oder auf meinem Sofa, einer Liege oder der kleinen Wiese vor meinem Haus mich abzulenken versuchte.

Nach wie vor brauche ich Minuten, um zu mir zu kommen.

Auch heute würde ich die schweißnassen Leintücher wechseln müssen.

Zweimal in der Woche war normal.

***

Sie saß auf der Bordsteinkante des Rastplatzes, als ich einbog. Kein Mensch weit und breit. Kein Auto außer meinem. Die Beine von sich gestreckt, schaute sie sichtlich gelangweilt auf den Asphalt. Kurz blickte sie hoch, zog die Beine an ihren Körper und legte den Kopf mit der rechten Wange auf einem Knie ab. Linste uninteressiert zu mir rüber. Langsam war ich ausgestiegen, ohne meinen Blick von ihr abzuwenden. Nachdem ich die Tür abgeschlossen hatte, ging ich zu dem Klohäuschen hinüber, lächelte ihr nickend zu und hob kurz die Hand. Dann verschwand ich in dem grauen, schäbigen Gebäude. Von draußen brandete der Autobahnverkehr durch die Tür, während ich in die Edelstahlschüssel pinkelte und darüber nachdachte, was mir die erste Anhörung, die ich gerade hinter mir hatte, bescheren würde. Ändern konnte ich jetzt sowieso nichts mehr. War alles dumm gelaufen. Und an das Wenigste konnte ich mich erinnern. Ich war froh, nicht suspendiert worden zu sein. Dann hätten sie den Fall ganz anders untersucht. So hatte man mich auf ein Abstellgleis geschoben. Auf eines, von denen die Kollegen behaupteten, ich hätte es meiner andauernden Denkerei an Daniela zu verdanken. Und wenn ich so weitermachen würde, schösse ich noch irgendwann mit Kanonen auf Spatzen. Prima. Ähnliches war auch passiert. Ich spuckte in das Becken und lauschte. Kein weiteres Fahrzeug, das auf den Parkplatz einbog, keine neuen Stimmen oder Schritte. Ich machte den Reißverschluss zu, wusch meine Finger kurz in dem schmuddeligen Waschbecken ab und wedelte sie trocken. Irgendwie war ich jetzt auch neugierig, ob die Kleine von eben noch dort sitzen würde, wenn ich hinausging.

Kaum dass sich die Tür hinter mir schloss, blickte ich nach rechts. An ihrer Sitzposition hatte sich nichts geändert. Eine Haarsträhne hing vor ihrem linken Knie herunter. Ich schlenderte zu ihr hinüber und blieb zwei Meter vor ihr stehen. Mit einer seltsamen Mischung aus Angst und Furchtlosigkeit hatte sie meine Schritte verfolgt und schaute nun hoch, riss einen Stoffbeutel, der neben ihr lag, an sich und machte sich sprungbereit. Ihr kleines Gesicht schien ganz und gar aus großen, rabenschwarzen Augen zu bestehen. Nun allerdings grau und müde, tief unter der Stirn sitzend.

„Na, haben sie dich vergessen?", fragte ich neugierig und dankbar für die Abwechslung am heutigen Tag.

Sie schüttelte den Kopf.

„Ausgebüxt?"

Wieder ein Kopfschütteln.

„Auf Trebe bist du ja nicht, oder? Dafür bist du zu jung."

Ich musterte sie ein wenig mehr. Ein dünnes, fast dürres Ding. Gerade noch so viel Geschöpf, dass es ein Mensch war, fuhr mir durch den Sinn. Dazu schmutzig hoch drei. Die langen dunklen Haare klebten am Kopf und Reste von Blättern und Unrat in ihnen. Sie hatte nichts anderes an als ein schwarzes, speckig glänzendes Hemdchen und eine verdreckte Jeans. Ihre Füße steckten in zwei ausgelatschten Turnschuhen. Am linken Daumen ein altes, mittlerweile schwarzes Pflaster und Schrammen an den Oberarmen. Ich ging vor ihr in Hocke. Wenn's hoch kam, war das schmale Persönchen elf, nun gut, zwölf. Sie sah aus wie die Kinder unlängst in einem Bericht einer Illustrierten. Ausgestoßen oder ausgezogen von der Familie. Alleine auf sich gestellt auf der Suche nach etwas mehr Glück. Jedoch sah ich kein einziges Pearcing oder Tattoo, von denen die Kids auf den Fotos in dem Artikel eine ganze Menge hatten.

„Wie heißt du denn?"

Schon ärgerte ich mich über meinen Ton. So fragte man kleine Kinder. Sie wägte ab, ob sie antworten sollte. Mit einigem Zögern folgte:

„Lisa."

Ihre Stimme klang für diesen hageren Körper unverhältnismäßig rau. Kurz blitzte ein etwas chaotisches Gebiss zwischen ihren Lippen auf. Eine feine Spielwiese für Kieferchirurgen. Links und rechts von hohlen bleichen Wangen begrenzt. Darüber eine lange, im Prinzip scharf geschnittene Nase, die aber am Ende des Nasenbeins geschwollen war. Vielleicht war sie gegen den Rahmen einer Tür gerannt.

„Und weiter?"

„Tut nichts zur Sache."

Vor ihr hockend beobachtete ich sie weiter. Sie tat nichts anderes mit mir. Hinter mir auf der Autobahn raste hupend ein Auto vorbei. Kurz wendete ich meinen Kopf.

„Also, was hat dich hierher verschlagen?"

Schulterzucken.

„Wie alt biste überhaupt?"

„Fünfzehn. – Übermorgen in acht Wochen werd ich sechzehn."

Emotionslos dahergesagt.

„Verarschen kann ich mich alleine!", erwiderte ich und sie zog mit einem verächtlichen Blick keine Sekunde später eine graue Kladde aus der Stofftasche neben sich. Ihre Augen blieben auf mich geheftet. Zögernd reichte sie mir das verknickte Ding mit dünnen, knochigen Fingern herüber. Wir hypnotisierten uns gegenseitig. Dann schaute ich auf das Heft in meinen Händen. *Zeugnis* stand auf dem Deckel. Das oberste Blatt vermeldete die Noten für die neunte Klasse einer Hauptschule. Hinter diesem Blatt lag zusammengefaltet das Abschlusszeugnis. Elisabeth Harthuber stand als Name darüber.

„Von deiner Schwester gemopst?"

„Doof wie? Lisa kommt von E-*lisa*-beth!"

„Aber ..."

Ich brach ab. Das Datum unter den Noten und neben einer schludrigen Unterschrift eines Lehrers war mehr als zehn Tage her. War sie etwa seitdem unterwegs? Noch einmal überflog ich die Noten. Viele Vierer. Bestanden hatte sie. Wenn sie es war. Aber ein Genie war mit ihr nicht auf die Welt gekommen. Trotzdem kein Grund zu türmen. In Deutsch und Religion sogar eine Zwei. Für Reli nichts Besonderes, für eine Drei musste man schon das Gesangsbuch oder die Schulbibel mit unflätigen Dingen vollgekritzelt haben, wie ich, als ich seinerzeit in der Genesis Ö-Strichelchen verteilte.

Nun stand sie auf. Ihre Jeans war nicht nur verdreckt, sondern auch mindestens eine Nummer zu groß. Das dünne, nahezu verschlissene Hemdchen hatte keine Mühe, ihren Oberkörper zu verhüllen. Unter dem Stoff war nichts zu finden, was ihrem Alter gerecht wurde. Mädchenhafte Brüste waren nur als Ahnung darunter verborgen. Ich sah lediglich, dass sie fror, obwohl es seit Tagen trocken und nie unter sechsundzwanzig Grad warm war. Ich blieb dabei, sie war zwölf. Allerhöchstens dreizehn.

„Soll ich dich nach Hause fahren? Hast doch sicher Hunger?"

Auf dem DIN-A4-Blatt hatte ich die Adresse gelesen. Höggerlhof. Der Name sagte mir was. Da war mal was gewesen. Ich überlegte. Unfallflucht im Suff oder so. Ich zuckte mit den Schultern. Die Kollegen aus der Stadt waren damals zuständig. War von hier mindestens sechzig Kilometer weit weg. Von mir zuhause noch gute dreißig.

Jetzt war ihr Blick wieder erschreckt, ängstlich und sie klemmte die Stofftasche vor ihre Brust. Dabei fiel eine leere Wasserflasche auf den Boden. Etwa die Ration der letzten Tage?

„Nein! Scheiße! Bitte nicht! Nimm mich lieber mit zu dir?"

„Ich weiß nicht, was meine Frau dazu sagen wird", lachte ich auf, „und drei Kinder habe ich schon, da brauch ich nicht noch eins."

Mit den letzten Worten von mir war sie schon aufgestanden und in Richtung meines Wagens unterwegs. Belustigt schaute ich hinter ihr her. *Kinder.* Kinder! Unter dem Stoff war nicht ein Gramm werdende Frau. Sowieso kaum ein Gramm, das man zum Überleben brauchte. Wie wollte sie sich länger über Wasser halten? Zum soundsovielten Male schüttelte ich den Kopf. Erst als sie schon gute zehn Meter weg war, ging ich auch los. Neben dem Auto stehend drehte sie sich um. Nachdem sie durch die Scheiben hineingeschaut hatte, meinte sie:

„Das soll'n Auto von 'nem Vater sein? So verdreckt? Ohne Kindersitz, Spielzeug oder so? So alt können die ja noch nicht sein. Oder nimmste 'ne Wundercreme? Du bist höchstens verheiratet. Mehr nich. Da ist ja nur Müll drin und 'n leerer Six-Pack."

Ich stand auf der Fahrerseite und schaute sie belustigt an.

„Bist wohl nebenbei Detektiv?"

„Nee, aber so Typen wie dich ..."

„Was ist mit so Typen wie mir?"

„... die hab ich eigentlich gefressen."

Ich zog die Augenbrauen hoch und tat erbost. Sicher, wir hatten während unserer Ausbildung allerlei über Gesprächsführung gelernt. Ausschließlich W-Fragen stellen, sachlich bleiben, Emotionen raus lassen, dem Gegenüber immer in die Augen schauen und so weiter. Was ist wann passiert? Wie ist der Name? Wer und wie viel Personen sind betroffen? Die immer gleichen bescheuerten Einstiegsfragen. Egal ob es sich um eine Vermisstenmeldung, Einbruch oder gar Mord handelte. Aber herumtrampende Kinder waren in den Übungsteilen seinerzeit nicht vorgekommen. Das zweibeinige Übungsmaterial damals hatte höchstens unbezahlte Tüteninhalte, Waffen oder gar Marmeladen-Blut an den Händen. Dazu kam, dass mich unser Alltag hier kurz vor den Bergen bei den sieben Zwergen vieles davon noch hatte verlernen lassen. Schlägereien, Ladendiebstähle und dubiose Unfälle waren dann tatsächlich die spannendsten Ablenkungen. Vielleicht war mir deshalb dieser fatale Fehler vor zehn Tagen passiert, für den ich seit heute Morgen die Konsequenzen zu tragen hatte.

„'tschuldigung, was habe ich dir denn getan?"

„Bis jetzt noch nix."

„Habe ich an sich auch nicht vor."

„Also, nimmste mich jetzt mit zu dir oder nicht?"

„Gottvertrauen hast du aber nicht schlecht – dafür, dass du mich schon *gefressen* hast?!"
Die Kleine kramte in der Stofftasche rum und hielt plötzlich ein langes Küchenmesser in der Hand. Der sauberste Gegenstand weit und breit. Das Sonnenlicht ließ die Schneide blinken.

„Wenn du glaubst, du könntest irgendwo abbiegen, hast du dich getäuscht. Ich stech dich ab. Ganz einfach! Geht ruckzuck. Wie Zwiebelschneiden."
Den potentiell Toten spielend tat ich einsichtig und schlug mir an die Brust.

„Also gut, Madame, das sieht gefährlich aus. Bin überzeugt und da du dich ja weder für meinen Namen noch für meinen Wohnort interessierst, nehme ich dich jetzt mit. – Nach Bozen, da wohn ich nämlich. Hast du einen Ausweis dabei? Sonst kommen wir nicht über die Grenze."

Sie beugte sich über die Motorklappe zum Nummernschild runter und tippte sich an die Stirn.

„Bozen? Ja? Dass ich nich lache. Ich bin fünfzehn und nich blöd. Kapiert? Erdkunde gab's auch bei uns auf der Schule. Oder seit wann ist das 'n italienisches Kennzeichen?"

„Warum bist du abgehauen?"

„Bin ich nich!"

„Und warum hampelst du hier rum?"

„Du kannst ja zu dem Scheiß-Höggerlhof fahren und gucken!", zischte sie und deutete auf das Zeugnisheft, „sag mir aber vorher Bescheid, dann such ich mir 'nen andern, der mich fährt. Da wartet nämlich keine Sau mehr auf mich. Wär mir nach allem ohnehin scheißegal."

„Pass auf, wir machen einen Deal. Wir fahren jetzt tatsächlich zu mir. Dann kannst du was essen und dich waschen. Währenddessen ruf ich ein paar Leute an. Wirklich nette. Ich versprech's. Die werden sich dann um dich kümmern. Ok?"

Lisa reckte den berühmten Finger in die Luft und drehte sich um. Brummte noch ein paar Flüche dazu. Bevor ich reagierte, war sie längst zu einer Lücke im Zaun unterwegs, der eigentlich den Parkplatz abgrenzen und vor Wild schützen sollte. Schnell war sie einige Meter fortgelaufen. Den letzten Satz musste ich daher schon etwas lauter sagen.

„Mein Gott, hab dich doch nicht so. Ich kenn wirklich nette Leute. Keine Psychos oder so! – Du musst doch wieder normal leben."

Sie blieb stehen und schaute über die Schulter zurück. Ihre Augen versprühten Giftpfeile. Passten zu dem gefluchten *Arschloch, Blödmann und Rindvieh* von gerade eben.

„Weißte was, troll dich einfach. Du bist mittlerweile

der 152. mit so 'nem Kackangebot und Geschwätz. Vorher hab ich die anderen nur nach Essen gefragt oder 'n bisschen Geld. Paar Stunden lang. Seit heut Morgen halb sechs, wenn du es genau wissen willst. Jetzt hab ich verdammt nochmal Kohldampf und Durst. Aber hier scheint es nur Arschlöcher und blöde Weiber zu geben. Inzwischen würd ich mich gern einfach für 'ne Stunde in 'ne Wanne legen oder duschen und danach noch etwas auf's Ohr hauen und schon wär ich wieder weg. Deshalb ist mir vollkommen egal, wie du heißt und wo du wohnst. Meinst du etwa, ich wollte was mit dir anfangen?"

Sie beugte sich vor und schlug mit einer Faust auf ihre Brust.

„Ich hab die Hölle hinter mir, bin frisch aus dem Feuer gesprungen, also komm ich von da, wo du wohnst, auch weg."

Schon war sie durch die Lücke im Zaun verschwunden. Ich sah sie durch das Geäst der Büsche nach links über einen Acker davonschleichen. Die Kleine war ziemlich mies drauf, ihre Abfuhr klang doch nicht nach elf. Verdattert zögerte ich wieder einen Augenblick zu lang, eh ich mich auf den Weg machte, ihr zu folgen. *Die Hölle hinter mir*. Bei so einem Spruch ist alles möglich. Aber ich lasse ungern den ersten Verdacht den richtigen sein. Darüber hinaus musste sie ja nicht unbedingt ein zukünftiges Straßenkind abgeben. Als ich den Zaun erreichte, hatte sie oben auf dem kleinen Hügel schon einen Feldweg erreicht. Ihr Blick ging nicht einmal zurück. Sie war schlau genug, um zu wissen, dass sie, sollte sie laufen müssen, zäher wäre als ich, weil sie damit rechnen konnte, dass ich nach einer kleinen Verfolgungsjagd aufgeben würde und nicht weiter an ihr interessiert wäre. Was kümmert so einen Kerl wie mich ein kleines Mädchen. Einer von Tausend oder Zehntausend könnte vielleicht gefährlich werden. Statistisch gesehen würde der es sich aber, dank ihres Messers, auch überlegen. Ihre Schritte waren für einen Test in dieser Richtung energisch genug. Sie schien wirklich zu allem entschlossen. Doch wusste sie nicht, dass in mir immer noch zumindest ein neugieriges Polizistenherz klopfte, auch wenn ich in letzter Zeit häufiger glaubte, den falschen Beruf gewählt zu haben. Wie hätte sie es auch ahnen können? Ich trat ein paar Schritte zurück und überprüfte den Parkplatz. Kurz vor der Ausfahrt war ein Wirtschaftsweg für Müll- und Dienstfahrzeuge, der anscheinend zu dem kleinen Sträßchen dort führte. Die Schranke hatten schon etliche andere umfahren, denn Pfosten und Zaun daneben waren niedergewalzt. Die Strecke eignete sich demnach gut als Schleichweg in versoffenen Nächten.

Ich lief zum Wagen zurück und ließ die Reifen quietschen. Fast hätte ich mir an dem alten Astra den Auspuff abgerissen, als ich über einen der umgeknickten Pfosten fuhr. Das Geräusch von unten war aber auch so nicht besonders verheißungsvoll. Oben auf der Kuppe angekommen war die Kleine verschwunden. Langsam fuhr ich weiter. Schaute nach links und rechts. Irgendwo musste sie ja sein. Hatte sie doch mit mir gerechnet? Und hielt mich jetzt zum Narren? Hockte hinter irgendeinem Busch, um zu sehen, wie ich nun reagierte? Einen holprigen Weg durch Wiesen mit den Augen verfolgend sah ich sie dann doch an einem sprießenden Maisfeld entlanglaufen. Wahrscheinlich würde der Opel vollends zusammenbrechen, wenn ich dort entlangfahren müsste. In den Schlaglöchern konnte man sich verstecken. Trotzdem bog ich in den Weg ein. Nach gut zwei, dreihundert Metern, begleitet von merkwürdigen Geräuschen unter mir, war ich auf Wurfweite herangefahren und sie drehte sich endlich um. Ich hielt an und atmete erleichtert auf, da Fahrwerk und Unterboden gehalten hatten. Ihr Blick schien für einen Moment freundlicher zu sein. Ich hupte kurz, gestikulierte und sie kam die restlichen, vielleicht fünfzig Meter wieder zurück. Eine Wagenlänge vorher blieb sie stehen.

„Was willste jetzt von mir?", warf sie laut zu mir herüber.

„Na was wohl, ich nehme dich halt in Gottes Namen mit, in der Hoffnung, dass morgen mein Haus noch steht", rief ich, die Tür leicht geöffnet, lächelnd zurück.

„Ich sag dir eins, wenn du mich jetzt verarscht hast, bist du *morgen* mausetot, kapiert?"

Ich stieg aus und machte *meinen* ersten Fehler. Einen, der Schicksal bedeutet. Fügung und höhere Gewalt. Kismet. Oder wie das alles heißt. Der ein ganzes Leben auf den Kopf stellen kann. Kleine Sache, große Wirkung. Denn als sie an mir vorbeiging und einstieg, strich ich ihr mit einer Hand über den Kopf. Wie einem kleinen Kind oder einem Lausebengel oder so was. Dabei zupfte ich ihr ein Blatt und eine Kiefernadel aus den Haaren. Eine an und für sich läppische Geste. In diesem Moment hatte ich den Eindruck, dass sie stockte und sich für den Bruchteil einer Sekunde gegen meine Hand lehnte. Als wenn sie in ihr eine Art Bestätigung, Wunscherfüllung oder heimelige Wärme suchte. Wie um sich selbst die getroffene Entscheidung für richtig zu erklären: Nämlich die Wahl, mich für ein Vorhaben ausgesucht zu haben. Ich spürte eine seltsame Rührung in mir, die mich fast dazu bewog, sie in den Arm zu nehmen. Doch hielt ich in dieser Bewegung inne und schob sie mit einem Stups zum Auto. Als ich neben ihr saß, legte ich zum Rückwärtsfahren lediglich den Arm hinter ihr auf die Lehne. Ihre Haare kitzelten mich dabei am Unterarm. Ich bremste ab und betrachtete ihr Profil.

„Fünfzehn?"

Zögernd, wieder unsicher und mit feucht werdenden Augen schaute sie mich an. Ein schwelender Verdacht schien sich zu bestätigen.

„Bitte mach keinen Scheiß mit mir, bitte! Ja?"

Wieder hatte ihre Stimme am Anfang diesen eigentümlichen, rauen Klang. Jedoch war das *Ja* dann nur noch ein Kieksen.

Mir blieb nur ein Nicken. Ich meinte es ernst und strich ihr mit einem Finger über die linke Wange. Keine Ahnung, warum ich nun an ein Stück trockenen Kuchen mit dickem Draht darunter dachte. Lisa zuckte, zog ihren Kopf weg, um ihn sofort wieder an meine Hand zu legen. Wieder das Gefühl einer seltsamen Nähe. Minuten später war ich auf der Hauptstraße und wenig später zurück auf der Autobahn angekommen.

„Danke! – Ich fall dir auch nicht auf den Wecker", schniefte sie, „bin heut Abend wieder weg – Wie heißt du eigentlich?"

„Axel."

„Axel? Hätt' ich nicht gedacht", es war das erste Mal, dass sie ein Grinsen versuchte, „Peter, Klaus oder Manfred ist mir vorhin eingefallen. Hätte schön gepasst. War wohl 'n bisschen daneben?!"

„Manfred, nein! Gott sei Dank nicht! Axel ist schon gut. Mir gefällt mein Name."

„Lisa gefällt mir auch. Aber Elisabeth ist Scheiße! – Äh – lisa – bett."

„Na ja, ein bisschen altertümlich vielleicht, aber ..."

„Nee, Vollscheiße! Mein Vater hat es aber so woll'n. Angeblich hatte er gehofft, ich würd mal 'n großes Mädchen. – So 'ne Prinzessin oder so. – 'N Scheiß bin ich geworden für ihn ..."

Lisa schniefte und schaute zur Seitenscheibe raus.

„Warum, was ist passiert? Dein Zeugnis ist zwar

nicht das Beste, aber ich habe schon andere gesehen."

„Von deinen Kindern?", fragte sie, zog die Nase ein weiteres Mal hoch und wischte sich mit einem Handrücken den Rotz von ihr.

Es vergingen zwei, drei Sekunden bevor ich antwortete.

„Ich habe keine."

„Aber 'ne Frau?"

Ich schüttelte den Kopf.

„Geschieden?"

Nochmal ein Kopfschütteln von mir und, damit sie nicht weiter bohrte:

„Was ist nun mit deinem Vater?"

Stille.

„Hmm?"

„Ein Arschloch ist er. – Ein versoffener, lüsterner, raunziger Arsch!" schrie sie mit beinahe erstickter Stimme und putzte sich mit den Fingern die Nase.

„Raunzig? Bitte sag, dass das, was ich gerade denke, nicht wahr ist."

Lisa zuckte mit den Schultern.

„Hat er dich angemacht?"

„Hat er dich angemacht?", äffte sie mich leise nach und fügte hinzu: „Vergiss es einfach. Das ist jetzt alles vorbei."

„Aber ..."

„Ver – giss – es! Ja?"

Für's Erste ja, dachte ich und atmete durch.

„Was hast du vor, wo doch jetzt alles vorbei ist?"

Sie schaute mich verwundert an.

„Wie, was haste vor? In 'ne Stadt wollt ich, Hamburg, Berlin, Innsbruck. Was weiß ich."

„Ist aber ziemlich die falsche Richtung, wenn du an dem Rastplatz einsteigen wolltest."

„Das ist der 151. schuld gewesen. Der hat mich einfach abgesetzt, weil sein Handy gebimmelt hat und seine Alte dran war. Da hat der wahrscheinlich 'n schlechtes Gewissen gekriegt. Vorher hat der nämlich schon so komisch getan, aber bei hundertachtzig steig ich nicht aus 'nem Auto …"

Sie machte eine kleine Pause. Vielleicht, weil ich nichts sagte, fuhr sie nach ein paar Sekunden fort:

„Habt ihr Idioten eigentlich nichts anderes im Kopf, als Mädchen anzumachen?"

„Entschuldige mal, ich mache keine Mädchen an. *Du* wolltest doch mit mir mitfahren. Schon vergessen?"

„Du bist doch vorhin angewackelt gekommen. Schon vergessen? Wer hat denn die ersten Fragen gestellt? – Gell, du bist Lehrer? Das sind alles so Klugscheißer. Aber tun nix für einen. Wie mein Mathepauker, statt mir zu helfen oder mir mal 'n paar Tipps zu geben, hat er mir immer auf den Arsch geklopft, wenn ich vorne an der Tafel stand und was vorrechnen sollte, und dann meinte er, ich müsste mich besser konzentrieren. *Schläge auf den Hinterkopf* und so. Die ganze Klasse hat gelacht. Aber für die war ich sowieso die dumme Ziege. – Alles vorbei jetzt, alles. Alles! – Endlich."

Gerade als ich zu überlegen anfing, wie ich dieses kleine Biest spätestens in den nächsten Tagen loswerden könnte, machte Lisa ohne es zu wissen *ihren* ersten Fehler und schob das linke Bein auf dem Sitzpolster unter sich und legte das andere auf das Armaturenbrett. Daniela Zwei. Oder machen das alle Mädels? Ich schielte rüber und sah kurz Daniela statt Lisa dort sitzen. Für lange Augenblicke ein flimmerndes Vexierbild. Mit dem Blick zum Wagenhimmel betete ich, dass Lisa nicht auch noch anfing ein Lied zu summen. Wie damals, kurz bevor unser Wagen von dem zurückrollenden Laster mit der heruntergelassenen Hebebühne gerammt wurde. Aber sie blieb still. Glücklicherweise war sie auch meilenweit davon entfernt ihre Hand in meinen Oberschenkel zu krallen, ansonsten hätte ich zu schreien angefangen. So fühlte ich nur wie mir die Tränen in die Augen stiegen und ich mit Klimpern versuchte, sie daran zu hindern, herauszulaufen. Mit der linken Hand tat ich, als wenn ich Schweiß aus dem Gesicht wischte. Wieder schaute ich zur ihr hinüber und sah in ihr ungläubiges Gesicht.

„Heulst du etwa?"

Ich lächelte etwas gequält.

„Ist schon gut. Kannst du nicht wissen."

„Will ich aber."

Gerade wollte ich ihre wieder mit den Fingern über die Wangen streichen. Aber sie schlug meine Hand schon bei der ersten Bewegung weg, *Lass den Scheiß jetzt!*, drehte sich daraufhin zu mir und hockte nun auf beiden Beinen. Ihre Bewegung war wie ein Zufächeln. Zum ersten Mal nahm ich den Geruch wahr, der von ihr ausging. Besser den Gestank. So roch die Welt, wenn ihr ganzes Leid mit dem Dasein vermengt würde. Nach Blut, Erde, Ausgespeitem und Einsamkeit. Ich wackelte mit dem Kopf. Warum sollte sie es wissen? Was ging sie das alles an? Heute Abend, morgen, spätestens übermorgen wäre sie in kümmernden Händen. Ob sie wollte oder nicht. Außer sie würde wie angekündigt abhauen. Dennoch begann ich ihr mit einer Handvoll Sätzen, auf der Suche nach belanglosen Wörtern, von einem Tag, mit einem groben Datum, so ungenau wie möglich, zu berichten. Unbestimmt und unsicher. Und an dem nichts anderes hätte geschehen sollen, als eine kurze Routineuntersuchung von Daniela. Meiner Frau, voller Vorfreude, weil im siebten Monat schwanger. Doch nach wenigen Worten schon kamen die Bilder, wie im tausendsten, ständig wiederkehrenden Traum. Mit all seinem Lärm. Mit dem ganzen Fiasko. Ich blinkte und setzte zum Überholen an. Wollte mit Geschwindigkeit die Bilder im Kopf vertreiben. Statt des Verkehrs vor mir sah ich jedoch den Laster, der damals höchstens zwei Wagenlängen vor mir hinter einer elendig langen grauen Betonmauer aus einer Einfahrt rollte und dessen Hebebühne, die sich Sekundenbruchteile später, trotz meiner Vollbremsung und des Ausweichmanövers, durch die Frontscheibe säbelte. Deren rechten Rahmen wie Butter durchschnitt. Danielas Hand, in Panik sich an meinen Oberschenkeln festhaltend und die Kante des Metalls, die ihr im gleichen Moment den halben Hals aufriss, während ich mit dem Kopf aufs Lenkrad knallte und für zu lange Sekunden ausgeschaltet war. Erst ihre Hand, die mich langsam losließ und von meiner Hose herunterglitt, ließ mich wieder allmählich zu mir kommen. Von dem, was dann geschah, von den Millionen aufgerissenen Emotionen, meiner anschließenden verdammten, kopflosen Hilflosigkeit und meinen bekloppten Reaktionen, eine tragische Mischung aus Drama und Slapstick und von dem vielen Blut und den Leuten die aufgeregt um den Wagen, Daniela und mich herumtanzten, erzählte ich ihr nichts. Die Nächte knallten mir meine Unfähigkeit häufig genug vor den Latz. Jede Erinnerung daran war eine schwärende Wunde.

Irgendein Männchen in meinem Kopf hatte in der Zwischenzeit dafür gesorgt, dass ich mitten auf der Autobahn gebremst, die Fahrspuren gequert und auf dem Standstreifen angehalten hatte. Diesmal sicher. Ohne zunächst zu erkennen warum. Keine hundert Meter vor uns, auf der linken Spur, ein schief stehender Laster mit eingeschaltetem Warnblinklicht. Dahinter schon ein Stau. Meine Hände umfassten das Lenkrad, im Versuch es noch mehr zu verbiegen. Der gleichzeitige Schrei aber war Lisa, nicht meine Frau. Sie blieb erschrocken reglos sitzen und fixierte mich von der Seite. Obwohl ich in die Ferne stierte, fühlte ich ihren Blick. Ewigkeiten später, irgendein Leben war zurückgekehrt, beugte sie sich zu mir hinüber und nahm meine rechte Hand fest in ihre. Aus heiterem Himmel. Ich hatte keine Ahnung, wo wir waren und hörte die falsche Stimme.

„Warum machst du so was?", fragte ich eher krächzend, ihre Hand haltend, aber immer noch zur Frontscheibe hinausstarrend.

„Du hast mir grad das Leben gerettet. Du scheinst doch ziemlich nett zu sein."
Sie ließ sich wieder in den Sitz fallen.

„Außer du hast mir jetzt irgendsone Story erzählt, wegen dem Laster da."
Ich ließ ihre Hand los und rieb mir mit beiden Händen übers Gesicht. Hatte vergessen, was ich ihr gerade wohl alles gesagt hatte und schüttelte den Kopf.

„Nein, leider nicht. Ist 5872 Tage her."

„Du zählst die ganzen Tage? – Bist du verrückt? Das Leben geht doch weiter. Mein Gott, du bist ja ganz schön bescheuert."
Als wenn man sich an gehörten Worten verschlucken könnte, musste ich husten und klopfte mir mit einer Faust auf die Rippen. *Bescheuert.* Das sagte ausgerechnet sie! Aber es passte. Vielleicht hätte das auch gern der Vorsitzende vor ein paar Stunden bei der Anhörung oder die Psychotherapeutin damals gerne gesagt, als sie mich Platz nehmen ließ und ich ihr davon berichtete. Und sie mir mit einer hochgezogenen Braue zuhörte. Übergewichtig, weil Essen die Seele heilen kann, mit Birkenstock, weil der sichere Tritt ein Gelenk schonendes und langes Laufen garantiert und einem dicken gewebten Schal um ihren Hals. In lauter grellen Farben, die sie mir auch alle erklärt hatte. Esoterischer Mist. Sie folgte meinen Sätzen mit einer gekonnt ernsten Miene

und wirkte dabei total gekünstelt, unnatürlich und gestelzt. Die Beine unter einem bäuerlich wirkenden Stoff übereinandergeschlagen. Dauernd lagen ihre Hände einen Stift drehend in ihrem Schoß. Am sechsten Tag folgten salbungsvolle Worte. So gewichtig wie sie, so unaufhörlich daherplätschernd und so bunt wir ihr Schal, dass ich plötzlich lachen musste und sie glückstrahlend meinte: *Na, geht doch. Lachen ist der erste Schritt zur Freude.* Seitdem war ich nicht mehr hingegangen. Schon in der ersten Sitzung, hatte mein Zweifel an diesem Vorhaben die Träume daran gehindert, sich wenigstens ein Jota zu beruhigen. Auf diese war die Tante ohnehin nie eingegangen. In keiner Minute. Mein Hustenanfall ließ nach und ich sah zu Lisa hinüber:

„Bescheuert also? Nach allem, was ich gehört und gesehen habe, sagt das gerade die Richtige. – Stimmt's oder habe ich recht."

„Werden wir ja sehen", antwortete sie.

Unterwegs quetschte sie mich aus. Ich hoffte es würde nach ein paar Kilometern nachlassen. So beantwortete ich, einerseits, weil ich meine Ruhe haben wollte und andererseits, weil sie keine gab, manches unbedacht.

„Ach du Scheiße! Polizist? Das hat mir grad noch gefehlt. Lass mich aussteigen. Hätte ich eigentlich riechen müssen. Bin ich blöd. Warum hab ich nicht gleich gefragt? So eine Scheiße!"

„Dann biste wenigstens in sicheren Händen", gab ich etwas beleidigt zurück.

„Super Aussicht. Und wenn du mich dann nachher gefickt hast, begeh ich 'nen Polizistenmord, oder was?" Ich verzog mein Gesicht und seufzte. Am besten fuhr ich sie gleich auf's Revier oder zu meiner schlauen Psychotante. Lieferte sie einfach dort ab und hatte wieder meine Ruhe. Sollten die sich doch mit ihr rumschlagen.

Gewiss hatte diese Göre noch ein paar Überraschungen mehr parat. Ihr unverhofftes, seidenweiches *Tut mir leid!* ließ mich den Gedanken verwerfen. Keine Ahnung, warum ich mich so leicht umstimmen ließ. Ihre großen Augen wahrscheinlich. Zur Belohnung löcherte sie mich weiter. Fiel mir eine Frage ein, hatte sie diese mit ihrer nächsten bereits abgewürgt.

„Einundvierzig also. Also doch 'ne Wundercreme. Könntest glatt mein Vater sein. Meiner wär sogar noch ein paar Jahre jünger. Sieht dafür aber wie 'n alter Knacker aus."

Nach eineinhalb Stunden waren wir fast bei mir zu Hause. Das heißt kurz vor dem Ende der Welt und zuletzt mehr als vier Kilometer tief im Wald. Mit jeden zurückgelegten hundert Metern wurde Lisa stiller und wirkte dennoch innerlich aufgewühlt. Minuten später bog ich in den schmalen, kaum geschotterten, von hohen Bäumen gesäumten Weg zu meinem Häuschen ab. Im Schatten der eng zueinanderstehenden Kronen war es dunkel wie die Nacht. Ich spürte, wie sich Lisa versteifte und in den Sitz presste. Polizist hin oder her, ich Blödmann hatte nicht daran gedacht, ihr zu sagen, wo mein *Bozen* lag.

„Keine Angst. Noch drei Kurven und dann siehst du mein Hexenhäuschen hinter den Tannen hervorlugen. Umrahmt von Bergen und Blumen."

„Klasse! Hab ich mir schon immer gewünscht. Also doch noch 'n Polizistenmord. Sagste mir wenigstens, wo wir sind? Und wie das hier heißen soll?"

Das leichte Beben in ihrer Stimme war nicht zu überhören. Ich versuchte, so normal wie möglich zu klingen.

„Das Tal heißt Milstal, wegen des kleinen Bachs da. Glasklar, aber eiskalt. Im Sommer schwimmen in dem Forellen, im Winter Eisschollen. Und die Gegend und das Haus? Keine Ahnung. War vielleicht mal das Lust-schloss eines Jägers", ich lachte auf, weil ich dachte, es hätte lustig geklungen, mein Blick auf ihre zuckende Hand im Beutel belehrte mich anders, „hat meine Mut-ter, als sie noch lebte, gekauft. Eigentlich als Wochen-endhaus. Ist im Grunde nicht mehr als eine Hunde-hütte. Aber es reicht mir. In der Wohnung konnte ich damals nach dem Unfall nicht mehr bleiben. Bei den vielen Sachen von Daniela, die überall herumstanden, hatte ich dauernd so eine Art Berührungsallergie."

Ich blickte wieder kurz zu ihr rüber. Erwartete ein be-ruhigtes Lächeln und sah hingegen ihre verstört aufge-rissenen Augen. Langsam ergriff mich Mitleid. Automa-tisch fasste ich nach ihrer linken Hand, die den Stoff ihrer Jeans am Schenkel zusammenknüllte. Die Knö-chel der Fingerkuppen waren bleich. Dieser Anblick musste nicht sein.

„Keine Angst, Kleines, ich wohn hier wirklich. Und ich mach auch keinen Scheiß."

Mit dem Daumen strich ich über ihren Handrücken. So-gleich zog sie ihre Hand weg. *Fängste schon wieder an?* Mit der anderen grub sie in der Stofftasche auf ihrem Schoß herum.

„Lass stecken. – Pass auf. Ich geb dir den Schlüssel und dann kannst du vorgehen und gucken. Es gibt keine Hunde hier. Keine Drachen und keine Geister. Und wenn's dir nicht gefällt, fahr ich dich wieder zurück. Ist zwar eine blöde Idee, aber ..."

Gleichzeitig beugte ich mich zum Handschuhfach hin-über, buddelte die Schlüssel heraus und legte sie ihr in den Schoß.

„Also?"

Ich hörte nur ein hektisches Schnaufen.

„Was ist, Lisa?"

„Nichts. Schon gut."

Eine Hand im Stoffbeutel auf Suche. Was um Gottes Willen hatte sie alles erlebt? Zwanzig Meter später hielt ich vor der niedrigen Eingangstür. Zum ersten Mal sah ich mein kleines Haus bewusst an. Hexenhäuschen war wirklich zutreffend. Braunes Schindeldach, grüne Fensterläden, gelbes Mauerwerk für das Kellergeschoss, in dem neben dem Abstellraum links und rechts des Flurs die Küche und das Bad untergebracht waren. Darüber das mit dunkelrotem Holz vertäfelte Geschoss mit dem Wohn-, Schlaf- und einem Miniarbeitszimmer, in dem nur ein Tisch und eine kurze Couch neben einem Bücherregal standen. Insgesamt kaum sechzig Quadratmeter. Unterm Dach könnte ich noch ausbauen, aber für wen?

Jeder hatte mich für verrückt erklärt, nachdem ich hierhergezogen war. *In diese verfluchte Einsamkeit? Was willst du Da? Wildern? Igeln hinterherrennen? Hirschen beim Röhren zugucken oder was?* Auch das konnte ich nicht beantworten. Hätte ich ihnen von den Schattenspielen an den Felsen erzählt, von den Gesichtern im struppigen Geäst der Fichten oder den merkwürdigen Geräuschen, wäre für sie jeder Verdacht, jede Vermutung über mich bestätigt gewesen. Sie lebten zwar in der Nähe der Natur, konnten aber mit ihr nichts anfangen. Höchstens im Biergarten, wenn sie eines der Mädchen bediente.

Im Sommer waren die Waldgestalten ein unterhaltendes Feierabendprogramm. Dann tanzten sie herum, sprangen im leichten Wind durch die Bäume und trieben mit meinen Augen und Fantasien ihre Späße. Begleitet vom Gezwitscher der Vögel und dem seltsamen Bellen der Rehe. Doch in den meisten, oft schneereichen Wintern war es ein vollkommen stummer Showdown zwischen Feen und Kobolden. Die einen schwebten mit ihren weißen Schleiern von den Ästen und die

Anderen jagten sie mit grauslich vereisten Brauen und Bärten, während über ihnen ein Schwarm Dohlen krächzte.

Trotzdem saß ich, wenn abends oder am Wochenende nichts anderes zu tun war, hin und wieder bei schönem Wetter vor dem Haus oder lag bei schlechtem drinnen quer auf meinem Bett, starrte aus dem Fenster und versuchte in den Profilen, Fratzen und scheinbaren Blicken genau das zu finden, was mich endlich besänftigen und alle Fragen erledigen könnte. Doch egal wie lang ich alles anschaute, irgendwann erkannte ich auf den Felsstürzen, in den Bäumen und den Wolken immer wieder und niemanden anderen als Daniela. Lächelnd, wortlos und genauso schnell, ohne Chance für mich, über den Wipfeln verschwinden. So zählte ich einen weiteren Tag dazu: 312, 1468, 4193, 5872.

Ich schaltete den Motor ab und wartete auf eine Reaktion von Lisa. Ich ahnte, dass sie dafür Zeit brauchen würde und blieb einfach sitzen. Ganz allmählich beruhigte sich ihr Atmen. Währenddessen starrte sie auf das Haus, ohne es zu betrachten. Mit einem kurzen Blick auf die Uhr im Armaturenbrett sah ich, dass schon mindestens zehn Minuten vergangen waren, als Lisa sich endlich regte.

„Willst du's mir nicht zeigen?"
Alles hatte ich erwartet, nur keine Einladung in das eigene Haus in dieser Situation. Eher ein *Hier kann ich nicht bleiben, schon gar nicht mit nem Bullen* oder *Nee, doch nich, lass mich mal lieber nach Frankfurt oder weiß Gott wohin fahren.* Ich lief um das Auto herum und öffnete übertrieben und voller plötzlichem Überschwang die Beifahrertür. Über mir gurrten ein paar Wildtauben und ich ließ mich hinreißen.

„Also mein Täubchen, tritt ein."
Bescheuert. Wie kam ich bloß darauf?

Ein Zucken in ihrem Gesicht. Voller Furcht. Natürlich! Ich hatte mich von dem Gurren zu sehr betören lassen. Umständlich drehte sie sich auf dem Sitz herum, die Tasche vor den Bauch geklemmt, in ihr hielt die rechte Hand immer noch den Griff des Messers umschlossen. Anschließend stand sie auf und machte einen Schritt zur Seite, neben den hinteren Kotflügel. Stets darauf achtend, dass zwischen uns wieder mindestens zwei Meter Abstand waren. Mit ihr war auch der Geruch aus dem Auto entwichen, der keine Mühe hatte, den Duft des Waldes und der meist feuchten Erde zu verdrängen. Ich wartete auf einen reinigenden Windstoß. Dann schloss ich den Wagen ab und ging zur Tür. Noch draußen stehend machte ich das Licht in dem kleinen Flur an und fragte:

„Möchtest du allein reingehen?"

Sie schüttelte heftig den Kopf, als wenn sie drinnen von einer Horde bissiger Hunde empfangen werden würde. Also ging ich voraus und betätigte jeden Lichtschalter, obwohl die Sonne noch schien. Aber ich wollte in Lisa nicht den geringsten Zweifel aufkommen lassen, dass sich in einem möglichen dunklen Eck irgendein Ungeheuer aufhalten könnte.

„Bender", las sie hinter mir halblaut ohne Kommentar vom Klingelschild ab, „Axel Bender, also", ergänzte sie, als wenn sie es sich für alle Fälle besonders einprägen wollte.

Hatte ich vorher noch gedacht, ihr die Hand zu reichen, war ich nun darauf bedacht, den von ihr gewählten Sicherheitsabstand zu bewahren. Im Vorbeigehen öffnete ich jede Tür und stieß diese auf. Die Zimmer waren alle klein. Das Größte gerade dreieinhalb mal vier Meter. Sie stellten ihren Sinn und Zweck von alleine dar, doch kommentierte ich mit einem Wort den dahinterliegenden Raum: Bad, Küche, Abstellkammer mit Heizungsraum, davor die Stiege, die nach oben führt. Zwölf steile Stufen später: das Wohnzimmer und, ich warf alle Einschränkungen über Bord:

„Hier schlafe ich und hier, aber nur wenn du magst, du."

Lisa hatte die Sprache verloren und bewegte nur ihren Kopf hin und her.

„Oder möchtest du im Wohnzimmer …"

Wieder ein Kopfschütteln.

„Also doch auf der Couch?"

Endlich nickte sie.

„Das Zimmer hat einen Schlüssel. Du kannst es jederzeit von innen abschließen."

Verdutzt sah sie mich an.

„Jederzeit?"

„Jederzeit!", wiederholte ich ohne einen Gedanken oder Vorstellung darüber, was an dem Wort so schlimm sein oder es bedeuten könnte. Sie ließ ihre Arme sinken und ging also in *ihr* Zimmer, setzte sich auf die Couch und legte sich nach einer Weile auf diese. Der Beutel rutschte dabei von ihren Armen zu Boden. In der Hand hielt sie tatsächlich das Messer.

„Gerade lang genug", stellte sie zufrieden fest.

Ich schielte zuerst auf das Messer, dann auf die Couch. Sie schielte nach hinten und betrachtete das Regal voller Bücher.

„Darf ich da was rausnehmen?"

„Klar doch! Weiß nur nicht, ob dir davon was gefällt."

„Haste die alle gelesen?"

Sie war aufgestanden und strich mit den Fingern die Buchrücken entlang.

„Nö, bin noch nicht ganz durch."

„Aber den?", sie hielt mir einen Krimi hin. Erkennbar gelesen, da am Rücken aufgebrochen. Einen, in dem die Menschheit abgeschlachtet und die Mädchen bestialisch missbraucht wurden, einen den Daniela mit für mich unverständlicher Begeisterung gelesen hatte.

„... hat mir mal einer ausgeliehen. Ein ganz schöner Hammer", erklärte nun Lisa.

„Und der hat dir gefallen?" fragte ich mit leichtem Zweifel.

Da sie nichts erwiderte, sagte ich eine Minute später:

„Wenn du nachher in der Wanne sitzt, richte ich dir die Couch als Bett, ok?"

„Du hast wirklich eine Wanne? Geil."

Sie hüpfte und klatschte sich mit der messerlosen Hand auf einen Oberschenkel. Nochmals verblüfft schaute ich sie und ihr blinkendes Messer an. Mit so einem Mädchen brauchte ich keine Kirmes, keine Achterbahn, keinen Abenteuerspielplatz oder kein Fußballendspiel mit der eigenen Mannschaft. Lisa verstand zwischen himmelhoch jauchzend und zu Tode betrübt innerhalb einer Sekunde, nun ja, zwanzig Minuten, wie auf einer Schaukel hin und herzuschwingen. Rätselhaft. Vorhin war sie noch voller Distanz und jetzt? Doch die Augen. Ich dachte an die Kollegen und ihre Kinder. Pubertät war deren Schlagwort. Ich stupste einen ihrer Füße.

„Na also, endlich mal was Positives. – Ich glaub, ich habe noch Nudeln, Tomaten und Speck da. Ich krieg sicher was hin. Zum Trinken allerdings nur Bier oder so, aber das Wasser aus dem Hahn ist hier auch gut. Frisch aus der Quelle."

„Wenn du mich ein Bier trinken lässt ...", sagte sie und stand auf.

„Meinetwegen", willigte ich schmunzelnd ein, „du bist ja schon fünfzehn. Ein großes Mädchen. *Ein* Bier ist dann erlaubt. Also ein Glas! Alles klar?"

„Ach, wie gnädig. Was glaubste, was die Anderen in der Schule trinken? Milch?"

Lisa verzog ihren Mund, drehte sich auf dem Absatz um und lief die Stiege hinunter. Unten angekommen folgten von dort diverse Klappergeräusche. Offensichtlich inspizierte sie das Bad und war damit schneller bei mir zu Hause angekommen, als ich über alles nachdenken konnte. Sie öffnete die Türen des Schränkchens und die Schubladen der kleinen Kommode in der ich verschiedenste Utensilien gesammelt hatte. Lauter Dinge, die ich selber nie brauchte, die aber bei Einkäufen in Irmas Tante-Emma-Laden im Dorf mit im Beutel gelandet waren. Irma glaubte wohl, dass ich tief im Wald sicher häufig die eine oder andere Hexe oder Zauberin zu Gast hatte. Ich ließ sie immer in dem Glauben und deponierte die ganzen Proben von Badesalzen, Schaumbädern und Seifen, statt sie zu verschenken. Man kann ja nie wissen. Während ich aus meinem Schlafzimmer frisches Bettzeug holte, hörte ich unten das Wasser in die Wanne laufen. Ich ging zu den Stufen vor und rief die Treppe hinab:

„Wenn du willst, leg deine Sachen vor die Tür, ich wasch sie dann."

Sie riss die Tür auf und schrie zurück:

„Heißt das, ich darf bleiben?"

„Na, so willst du doch nicht unter die Leute, oder? Wenn du keinen Scheiß baust und mir vertraust, habe ich nichts gegen ein paar Tage. Bin doch Polizist, also dein Freund und Helfer."

Ihr »Danke« klang nahezu schrill, dann schloss sie die Tür und öffnete sie sogleich wieder.

„Ich lass die Tür angelehnt, ich will hören, was du machst. Nicht dass du deine Bullenfreunde holst. – Und weil ich mir sonst eingesperrt vorkomme, aber nicht, dass du denkst ..."

„Ist schon gut", lachte ich die Stufen hinunter.

Eine Viertelstunde später roch das Haus nach einer seltsamen Kombination aus Kiefernöl, Früchten, Rosen und dem Duft aus ihrer Wäsche. Ein Wohlgeruch war das allerdings nicht. Sondern eher eine Mixtur aus der obersten Schicht der Pröbchen aus der Schublade und dem Untergang der Welt. Ihr Bett war schnell bezogen und ich nutzte die Zeit, Hans, meinen Kollegen anzurufen. Natürlich mit einem Ohr nach unten.

„Ja – Tag du – Danke – Nein, alles in Ordnung. Das mit heute Morgen erzähl ich dir mal – ja, vielleicht mal nächste Woche bei nem Bierchen – Ok? – du, weswegen ich anrufe, gestern habe ich bei Irma – ja, der kleine Einkaufsladen – etwas aufgeschnappt. Vielleicht ist es wert, da mal nachzusehen. Es geht um den Höggerlhof. – Ich weiß, eine altbekannte Adresse, ich war damals nicht dabei – aber Jugendliche sollen da etwas bizarre Partys feiern und für Radau sorgen – Ach, das war ein alter Mann, aber man weiß ja nie. Bin halt trotz allem Polizist – Nö, selbst bin ich noch nicht hingefahren – Kannst du gerne machen. Am besten auf's Handy. Alles klar. Grüß Silvia und deine zwei Räuber – ja ich weiß, die sind schon ein bisschen älter – du – Ja – Ja, ja – du ich muss eben runter zur Maschine, hab seit über einer Woche nichts gewaschen. Ja, mach's gut."
Ich hatte keine große Lust auf ein längeres Gespräch und drängte darauf, auflegen zu können. Vorerst würde ich ohnehin nichts Weiteres unternehmen. Zu mehr hatte ich Moment auch keine Lust. Entweder Lisa erzählte mir selber, was los war, oder ich erführe es in den nächsten Tagen von den Kollegen. Unter Umständen war sie dann schon über alle sieben Berge und ich konnte mit den Schultern zucken. Laut und vernehmlich ging ich die Treppe runter.

„Ich hol nur die Wäsche."
Es war ein kleines, armseliges Paket, das sie vor die Tür

gelegt hatte. Die Jeans, das schwarze Trägerhemdchen und eine verschmutzte Unterhose. Mehr nicht. Alles stand vor Dreck. Nichts davon war es wert einen Tag länger getragen zu werden. Mich erstaunte, den Geruch nicht in nebeligen Schwaden durch den Flur wehen zu sehen.

„Ist das etwa alles?", wollte ich wissen.

„Nein, im Stoffbeutel sind noch ein paar Sachen."
Ich schaute mich um, konnte ihn aber nicht finden.

„Wo soll der sein?"

„Ach du Scheiße! Der liegt hier."

„Du machst mir Spaß. Den werde ich dann wohl holen müssen. Aber keine Sorge ich guck dir nichts weg und bin sofort wieder draußen."
Das platschende Geräusch, das folgte, sagte mir, dass sie untergetaucht war. Als ich ins Bad kam, sah ich trotzdem die blinkende Klinge in ihrer Hand, die sie drohend aus dem Badewasser herausstreckte. Ein skurriles Bild. Wenn ich gewollt hätte, wäre es ein Leichtes für mich gewesen, sie zu entreißen. Neben ihr stehend schaute ich auf den Berg aus Schaum, der Lisa bedeckte. Nichts war von ihr zu sehen. Dann auf den Boden. Der Beutel lag direkt neben der Wanne. Ich griff nach der Stofftasche und hörte ein Blubbern. Ich musste lachen. Zwei Sekunden später prustete sie eine Wolke aus Schaum in die Luft.

„Biste we ...", begann sie atemlos, weiter kam sie nicht.
Etwas panisch schaute sie mich an und hob ihre Hände mit dem Messer vor die Brust. Ich wedelte mit der Tasche, nickte ihr so beruhigend wie möglich zu und ging nach draußen. Dort stülpte ich die Tasche um und fand außer dem Zeugnisheft, nur noch eine dünne baumwollene Jacke. Ehemals weiß und am Saum eingerissen. Dazu eine zerrissene Bluse, die ich skeptisch hin und

her wendete. Sie musste mit ihr an einem Nagel, Stacheldrahtzaun oder ähnlichem hängengeblieben sein. Sie zu flicken war sinnlos. Tatsächlich hatte sie sonst nichts Weiteres dabeigehabt. Eine Überlebenskünstlerin war sie also auch noch. Ohne Geld. Ohne Papiere. Ohne das kleinste Fitzelchen zu essen. Das Wenige landete in der Waschmaschine, zusammen mit ein paar Sachen von mir.

Im Wohnzimmer zurück suchte ich mir eine Beschäftigung, um nicht gleich zu zeigen, dass ich im Grunde auf sie wartete. Sogar ungeduldig, wie ich feststellen musste. Aber ich wollte ihr alle Zeit der Welt lassen. Ich nahm mir das Zeugnisheft und blätterte es durch. Wirklich keine Meisterschülerin. In all den Jahren viele Vierer. Doch in Religion und Deutsch immer gute Noten. Immerhin schien sie ja zu lesen. Die letzten zwei Jahre waren von den Eltern nicht unterschrieben. Normalerweise hatte so etwas Konsequenzen. Wer weiß, was für Ausreden sie sich dafür ausgedacht hatte. Erst jetzt sah ich ihr Geburtsdatum. Es ließ mich zusammenzucken, 26. September. Ein, zwei Wochen, vielleicht weniger, vielleicht auf den Tag genau und meine Tochter wäre zur selben Zeit auf die Welt gekommen wie Lisa. Knapp 5800 Tage her. Auf dem Parkplatz war mir das nicht aufgefallen. Wieder schossen mir Tränen in die Augen und ich schaute an die Decke. Mein Gott, war ich ein Sensibelchen. Würde das denn nie aufhören? Im gleichen Moment hörte ich von unten das gurgelnde Geräusch des abfließenden Wassers. Ich verdrängte meine Sentimentalität und lauschte auf jeden weiteren Laut: Tapsige Schritte, ein Türchen des Badezimmerschranks, nochmal fließendes Wasser ins Waschbecken, eine Schublade, eine weitere, der Fön, anschließend Klappern, Rascheln, Stille. Dann wieder ihre Schritte. Viele Minuten später. Plötzlich wieder

Stille und gleich darauf ein entschiedenes Treppen-
hochsteigen. Jede Stufe knarzte in einem anderen Ton.
Auch das war mir noch nie aufgefallen. Aber außer mir
waren diese auch noch nicht viele hinaufgegangen, seit
ich hier wohnte. In Gedanken ging ich mit und schaute
im richtigen Moment zu ihr hinüber. Lisa blieb auf der
obersten Stufe stehen. Sichtlich sauber und unerwartet
hübsch. Und ich wusste im selben Augenblick nicht,
woran ich dies maß. Vielleicht, weil sie mit dem weißen
Handtuch, das sie sich eng um ihren Körper gewickelt
hatte wie eine Erscheinung wirkte. Wie ein Engel mit
Heiligenschein, da das Licht vom Fenster schräg hinter
ihr, sie mit einem Lichtkranz umhüllte. Eine Halluzina-
tion. Daniela, Tochter, Wunschtraum. Auch wenn ihre
langen, jetzt gewaschenen Haaren nicht passend dun-
kelblond, sondern schwarz waren. Tausend Dinge rasten mir durch den Kopf und ich musste schlucken, vielleicht sogar wieder rührselig mit Tränen in den Augen.
Engel, Tochter, Lisa, Daniela. Rabenschwarze Augen.
Ich, der üblicherweise hartgesottene Polizist, räusperte
mich und brachte nur ein zitterndes:
   „Na?", zu Stande.
   „Na?", antwortete sie nicht minder unsicher und
nach einer Weile:
   „Ich hab nix mehr anzuziehen. Das haste absichtlich
gemacht."
   „Verdammt! Daran habe ich echt nicht gedacht. Die
Maschine läuft noch. Wird sicher ein, zwei Tage dauern, bis du deine Klamotten wieder trocken anziehen
kannst. Aber warte einen Augenblick."
Ich stand auf und ging ins Schlafzimmer. Im Schrank
hoffte ich etwas zu finden und zog Sekunden später
eine Boxershorts und ein T-Shirt aus dem Regal. Dabei
fielen mir die einzigen Kleidungsstücke in die Hand, die
ich von Daniela aufgehoben hatte. Eine Art Babydoll.

Das bisschen Stoff ersetzte tausend Alben. Ich hielt das Oberteil hoch, mit tausend Erinnerungen im Kopf. Das Stück würde Tabu sein. Von Daniela in viel zu vielen Nächten getragen. Auch damals in Taormina. Gerade wollte ich es zusammenfalten und zurücklegen, als ich bemerkte, dass Lisa hereingekommen war und mir im üblichen Sicherheitsabstand über die Schulter guckte.

„Ist vielleicht 'n bisschen wenig, oder?"
In ihrem Gesicht glaubte ich ein kleines Lächeln zu sehen. Wieder stand sie so vor einem Fenster, dass ihr schwarzes Haar schimmerte. Doch ein Engel. Ich faltete das leichte Ding wieder auseinander.

„Tut mir leid", ich hob die Schultern, „ich geh dir was kaufen, wenn du magst. Das hier trägt man nachts, dann hast du wenigstens ein bisschen drüber."

„Aber nicht besonders viel drunter", erwiderte sie knapp.

„Ich kann dir höchstens ..."
Ein Brett tiefer zupfte ich eine Unterhose von mir heraus, die einer Radlerhose ähnelte. Ich kratzte mich am Kopf und reichte sie ihr.

„Sieht ja nachts keiner."
Lisa grinste nun tatsächlich, aber doch eher gequält. Die durcheinandergewirbelte obere Reihe ihrer Zähne ließ es schelmisch wirken.

„Da lass ich mich aber mal überraschen."
Ich ging an ihr vorbei, ohne Berührung, und sagte:
„Ich geh uns dann mal was kochen. Dann kannst du dich in Ruhe fertigmachen."

„Au ja, und anschließend gehen wir in die Disse. Mit den Klamotten klaue ich da jeder Braut die Show."

„Na ja, vielleicht heute noch nicht."
Als ich das Nudelwasser abschüttete, stand sie in der Tür und klopfte leise an den Rahmen.

„Darf ich?"

„Warum fragst du?", erkundigte ich mich, ohne mich umzudrehen.

Dann stellte ich den Topf zurück auf den Herd und blickte zu ihr nach hinten. Natürlich wäre mir normalerweise die viel zu große Shorts als erstes aufgefallen, an der sie die Schnur hatte kräftig zusammenziehen müssen, damit sie nicht herunterrutschte und das noch viel größere T-Shirt. Aber das Erste, was ich sah, waren wieder ihre Augen und das mit einem Band nach hinten gebundene Haar. Ihr fragiles Gesicht hatte mit einem Mal etwas Trotziges, Kämpferisches und Starkes an sich. Etwas Erwachsenes, das kleinen Kindern so nicht zu eigen war. Ich brauchte eine Sekunde, bis ich es begriff.

„Du bist ja geschminkt? Wie hast du das denn hingekriegt?"

„Mit den Sachen deiner Freundin."

„Mit den Sachen meiner Freundin?", echote ich.

„Ja! Tu nich so! – In der Schublade lagen 'n Kajalstift und so ein paar Proben von nem Rouge. – Ich hoff, sie wird mir nicht böse sein."

„Sicher nicht. Ich habe nämlich keine Freundin."

„Woher hast du dann die Sachen? Oder für wen?"

„Für all die Findelkinder wie dich. Ist doch klar", lächelte ich sie an, „das hier ist ein Hexenhäuschen. Da verführen mich so Girls wie du."

„Sehr witzig!", stellte sie fest. Allerdings wenig amüsiert. Ich unterließ daher einen weiteren Spaß.

„Nun, ich bekomm immer solche Sachen im Dorf, wenn ich einkaufen geh. Irma denkt wahrscheinlich, sie könnte mich so wieder unter die Frauen bringen, wenn ich auch für den möglichen Tag danach ausgerüstet bin."

„Das heißt, du hast seitdem keine Freundin oder so mehr gehabt?"

„Du bist ja ganz schön neugierig, aber ...", ich versuchte die richtigen Worte zu finden. Vermutlich welche, die ich auch einer Sechsjährigen sagen könnte, ohne dass es für mich peinlich würde. Ich druckste rum. Als ich glaubte, die richtigen gefunden zu haben, ahnte sie den vergeblichen Ansatz und ergänzte bereits meinen Satz:

„... aber für's Bumsen hast du 'ne Tussi."

„So kann man es auch sagen", nahm ich verwundert zur Kenntnis.

„Wusste ich's doch. Dann bin ich ja wohl außen vor, oder?"

„Ich bin ja kein Selbstmörder."

Ungerührt schaute sie mich an und fing an:

„Wenn mein Alter mich so sehen würde, hätte er mich wieder windelweich geschlagen. Vor ein paar Wochen hab ich's mal versucht. Als er nach Hause kam, hat er mir eine gescheuert. *Meinst du etwa wir sind hier in einem Puff?* Dann hat er sich in einem Arm von mir verkrallt und meinen Arsch mit nem Holzscheit bearbeitet. 'ne halbe Minute später hat er mich übers Knie gelegt, mir die Klamotten hochgezogen und dabei 'n Steifen gekriegt. Ich hab's genau gespürt. War ja auch seine Absicht. Deshalb hat das Schwein dann auch seinen Hosenstall aufgemacht und 'n paar Minuten später alles auf mich drauf gewichst ..."

Da ich sie, keiner Antwort fähig, ungläubig und entsetzt anglotzte, fuhr sie mit dem zweiten Teil des für mich Unvorstellbaren fort:

„... so ging das nämlich die letzten Jahre bei uns. Er geilte sich daran auf, dass ich für irgendeinen Scheiß bestraft werden müsste, zog mir die Hose runter und dann immer paff – paff – paff eins drauf. Ich dachte, das vergeht eines Tages. Es heißt doch, die Zeit heilt alle Wunden. Aber der Zeit ist das total scheißegal. Die weiß nichts davon. Nichts von dem, was sie zu tun hätte. Die macht einfach weiter, tick tack, tick tack, wie dieser Arsch. – Und vor zwei Wochen, als meine Mutter wieder nicht zu Hause war, hat er mich auch noch ...", sie wendete sich weg, brach tränenerstickt ab, schniefte und glitt am Türrahmen hinunter. Ihr zerbrechlicher Körper passte in das schmale Eck zwischen Zarge und Boden und bebte wie von einem Schüttelfrost durchgerüttelt. Ich war unfähig, mich zu bewegen. Dann fiel mir der Teller aus der Hand, auf dem ich das Kochbesteck ablegen wollte. Das zerschellende Porzellan glich einer Explosion. Lisa reagierte nicht darauf. Ich hingegen war sozusagen aufgewacht. Die Scherben zur Seite kickend ging ich zu ihr hinüber, bückte mich und griff unter ihren Achseln hindurch, als sei sie ein großes schlaffes Stofftier. Dann umarmte ich sie und presste sie an mich. Sie wehrte sich nicht, hing in meinen Armen wie ein nasser Sack. Keine halbe Minute später heulten wir beide.

„Mein Gott, ich hatte doch keine Ahnung. – Da muss man dir helfen. Da müssen richtige Profis ran. Morgen kümmere ich mich darum. Ist doch klar. Ich weiß nicht, wie das geht. Natürlich kannst du ..."

Mit einem Ruck riss sie sich los. Noch hockend verlor ich das Gleichgewicht und kippte nach hinten. Schon war sie zur Haustür hinausgelaufen. Ehe ich richtig reagieren konnte, hörte ich sie bereits über den Schotter spurten und dann im knackenden Gehölz des Waldes verschwinden. Umständlich stand ich auf und rannte ihr hinterher, vielmehr in die Richtung, aus der ich glaubte, ihre Tritte zu hören. Ausgerechnet in den weglosen Bannwald links vom Haus hinein. Ich stolperte über jede zweite Wurzel und fing mich an den Stämmen ab. Die Äste klatschten mir dabei von oben ins Gesicht, während gleichzeitig kleine Büsche und herumliegendes Holz mir gegen die Beine schlugen. Nahezu jeder Schritt landete in einem Loch und ließ mich gegen einen der verflixten Bäume schlagen. Schöne Aussichten in der nahenden Dunkelheit, denn in ein paar Minuten würde auch noch die Nacht hereinbrechen.

Nach nicht mehr als sechzig oder siebzig Metern brach ich ab, weil ich nur noch die knackenden Äste unter meinen Füßen hörte, meinen Puls, der mir meine Schläfen sprengte und meinen rasselnden Atem. Meine Handflächen waren zerkratzt. Das Hemd an einem Arm aufgerissen, die Haut darunter aufgeschrammt. In Sprints durch einen dunklen Wald war ich beim besten Willen nicht geübt. Aber in Selbstmitleid. Ich leckte quasi meine Wunden und versuchte zu lauschen. Aber der Krach war ich. Keuchend rief ich in die zunehmende Dämmerung ihren Namen:

„Lisa – Mein Gott Kleines! – Sei doch vernünftig! – Ich bin Bulle und kein ... – Entschuldige! Ich hab dich nur in den Arm genommen, weil – Bitte – Komm her – So'n Scheiß mach ich nicht – Bitte! – Ich – du – du kannst hierbleiben so lang du willst – hörst du?"

Ich ließ mich gegen einen Baum fallen und schnappte nach Luft. Trotz der Wärme und der Trockenheit in den letzten Tagen roch es in diesem Wald seit jeher modrig und schimmelig, fast als würde irgendwo Aas verwesen. Oder nach diesen Gichtmorcheln, für die es eigentlich noch zu früh im Jahr war. Ich schnaufte immer noch. Was für eine Energie steckte in ihr, dass sie so weit laufen konnte? Meine Kondition dagegen war keinen Pfifferling mehr wert. Dabei bin ich früher Flüsse rauf und runtergepaddelt und hatte Handball gespielt. Ich setzte mich auf einen mit Moos und Grünzeug bewachsenen Baumstumpf. In nicht einmal zehn Minuten wäre es hier stockdunkel, so dass man nicht die eigene

Hand vor Augen sah. Und selbst Anfang August konnte es ziemlich schnell kalt werden. Schon oft genug hatte ich in einem vermeintlichen Sommer das kleine Kanonenöfchen im Wohnzimmer anheizen müssen.

Nach gefühlten Stunden hörte ich ein Geräusch schräg vor mir. Nach einigen weiteren Augenblicken war klar, dass dies kein Tier und kurz darauf, dass es auch kein großer Mensch sein konnte. Jäger hatten in diesem Stück Wald auch nichts zu suchen. Dann stand sie vor mir. Das vorher hübsch geschminkte Gesicht sah im Dunkeln zum Fürchten aus. Nicht nur, weil die Schminke sich in Nichts aufgelöst hatte und um ihre Augen breit verschmiert war, sondern weil auch eine heftige Dreckschliere oder Schramme über ihre rechte Wange lief, die ich trotz des spärlichen Lichts der dünnen Mondsichel gut erkennen konnte. In einer Hand baumelte das Haarband. Ein Unterarm und beide Knie waren leicht aufgeschürft. Beim Davonrennen war sie wohl gestürzt. Sie kauerte sich vor meine Füße und lehnte sich an ein aufgestelltes Bein von mir. Ohne mich anzuschauen, zischte sie leise:

„Ich brauch keinen Psycho, der mir in die Augen rein und zum Arsch wieder raus glotzt, nur, weil er meint, irgendwas in meiner Seele entdecken zu können, mit dem er mich beklugscheißern kann."

Zögernd strich ich ihr über den Kopf, hatte keine Ahnung was ich antworten sollte, während sie wieder bettelte:

„Lass mich einfach bei dir sein. Du bist doch nicht so'n Arsch?!"

Ich lächelte und sie drehte sich zu mir um.

„Und du hast immerhin die ganze Zeit auf mich gewartet", ergänzte sie.

„Na klar, was glaubst du denn? Ich habe Angst allein im Dunkeln."

Endlich fiel mir was Vernünftiges ein. Ich stand auf und reichte ihr eine Hand. Diesmal ergriff sie diese ohne Bedenken und zog sich hoch.

„Hoffentlich finden wir hier wieder raus", meinte ich halb ernst.

Lisa machte zwei Schritte und lief dicht neben mir, meine Hand war von ihren eiskalten Fingern wie von einer Zange umschlossen. Nun wieder das Schutz suchende kleine Kind. Nur langsam und stolpernd kamen wir vorwärts. Die Gegend glaubte ich bis vor Minuten wie meine Westentasche zu kennen, aber jetzt wurde mir heftig bewusst, dass sich dies nur auf die Wege beschränkte. Aber hier, mitten in diesem hölzernen Verlies, war weit und breit keiner zu sehen. Und durch die dichten Baumkronen auch nicht der kleinste Fetzen Licht, weder vom Himmel, noch vom Haus. Jetzt mussten Vermutungen helfen. Ich wusste nur, ungefähr zwei Kilometer links von uns war die Straße, die in tausend Kurven zur Pritschenhütte hinaufführte. Selbst im Winter bis zum Wasserwerk unterhalb der ersten Serpentine gut geräumt. Geschätzt gute dreihundert Meter vor uns musste demnach der Weg zu meinem Häuschen sein. Ich hoffte, in eine der beiden Richtungen zu laufen. Doch das Durcheinander aus umgefallenen Bäumen, herumliegenden Ästen und anderem Gestrüpp machte jede Orientierung unmöglich.

Lisa wich keinen Millimeter von meiner Seite und sagte kein einziges Wort. So wankten wir manchen Meter wie Volltrunkene vorwärts. Nach sicher mehr als einer halben Stunde und in dem untrüglichen Gefühl, doch falsch gelaufen zu sein, weil wir ständig leicht bergauf unterwegs gewesen waren, sah ich schräg unter uns die zwei hell erleuchteten Fenster von Stiege und Wohnzimmer zwischen den Bäumen. Ein paar Meter später waren sie wieder verschwunden. Durch den

Winkel, aus dem ich hinuntersah, war mir sofort klar warum, und ich fluchte leise. Irgendwo unterhalb von uns war das Geröllfeld und die mindestens zwanzig Meter hohe, steil nach unten abfallende Felswand. Von hier geradeaus in Richtung des Lichts zu laufen war unmöglich – oder selbstmörderisch. Wer nämlich auf den losen Steinen des Schotters ins Rutschen kam, stürzte unweigerlich die Kante hinunter und dann empfing ihn höchstwahrscheinlich der Sensenmann.

„Tut mir leid, aber wir müssen wieder ein ganzes Stück zurück und dann in einem größeren Bogen drauf zu laufen."

Ich war stehengeblieben und versuchte in ihrem Gesicht eine Antwort zu entdecken. Ihr Blick erschreckte mich bis ins Mark. Müdigkeit und Unbehagen waren zu purer Angst geworden. Das Chaos in ihrem Kopf ließ jeglichen Verdacht wiederaufkommen. Hier würde ich mich, entgegen aller Beteuerungen, an ihr vergreifen und sie umbringen. So funktionierten auch die Krimis und blutigen Thriller. Auch der, den sie oben in ihrem Zimmer in der Hand gehalten hatte. Ratlos schaute ich mich um. Als wenn ich in dem Dunkel eine Lösung finden würde. Doch da war nichts. Nur diese eine kurze Sekunde, in denen Merkwürdigkeiten zu einem Gedanken und dann einer Gewissheit werden. Kaum, dass man diese wahrnimmt. Und genau diese Merkwürdigkeiten bestimmen dann das Leben. Ohne es erklären zu können. An irgendeiner Stelle in mir machte es also Klick und setzte etwas in Gang. Noch konnte ich es nicht fassen und guckte sie an. Wahrscheinlich war mein Blick nicht besonders intelligent. Auf jeden Fall nahm ich ihren Kopf in beide Hände und küsste ihre Stirn. Ich konnte nichts anderes sagen, als viele komische und vielleicht dusselige Sachen. Von denen nicht eine in den Lehrbüchern der Polizeischule steht. Worte, die totaler Schwachsinn sein mögen, sie können deswegen sogar Fehler sein, so wenige Stunden nach unserer Begegnung, aber ich meinte sie ernst. – Ich würde sie immer wieder sagen. Ich schäme mich dieser Worte nicht.

„Keine Angst, Kleines, alles wird gut, Komm her, ich halt dich nur fest und tu dir nichts. Du brauchst keine Angst haben. Mein Gott, Kleines, wie du schlotterst. – Ich geh auch zu keinem Psycho mit dir. Dafür habe ich dich jetzt schon zu gern, Lisa. Wirklich."

Lisa schob mich langsam weg und ein Schluchzen rüttelte sie durch, das auch in mir wieder Tränen hochsteigen ließ. Wenn ich doch bloß so das verfluchte Schnalzen in meinen Träumen ungeschehen machen könnte. Ich umfasste ihre Schultern. Ihr Körper bebte nach wie vor und ich hatte das Gefühl, sie von hier nicht wegbringen zu können. Deshalb hob ich sie hoch, ohne Gegenwehr, eher wie ein Packen weicher Wäsche, abermals erschreckend leicht, und trug sie durch die eng beieinanderstehenden Bäume und Sträucher zurück. Sie war fünfzehn, wenn's stimmte. In acht Wochen sechzehn, aber wer von uns ist in diesem Alter erwachsen? Erwachsen genug, um in einem scheißdunklen Wald keine Angst zu haben? Erwachsen genug, um in einer solchen Situation nicht getragen zu werden? Und ich hatte in diesem Moment die gleiche Angst wie sie. Ich geniere mich nicht zu sagen, dass sie möglicherweise größer war als ihre. Wenn ich mich vorher schon mit der Richtung vertan hatte, wie konnte ich nun sicher sein, nicht schon nur einen Schritt von dieser Felskante entfernt zu sein? Ich war einmal hier oben gewesen. Am helllichten Tag genauso herumirrend. Auf glitschigem und rutschigem Untergrund. Diese Erfahrung reichte mir. Prüfend blickte ich immer wieder nach rechts, wenn ich meinte, ein Licht aus einem Zimmer gesehen zu haben. Aber wie in den schlechtesten Geschichten in meinem Bücherregal, sah ich nicht eines so deutlich wie noch vor unzähligen Minuten.

Ziemlich am Ende meiner Kräfte, setzte ich sie ab. Ihre Augen dunkel wie der Wald. Auch sie hatte Mühe, stehen zu bleiben, griff zitternd nach meiner Hand und schwankte unruhig hin und her. Ihr Blick irrte umher, als sie murmelte:

„Scheiße! Immer muss ich so'n Mist machen. – Tut mir leid."

„Ich muss mich entschuldigen. Bin ja 'n ganz toller Pfadfinder ..."

Ein weiteres Mal hatte ich Blödmann die Redeweise von Kindergärtnerinnen angenommen. Dann stapften wir weiter. Sie folgte mir jetzt mit gehörigem Abstand. Allmählich wurden das Buschwerk und die Bäume vertrauter, und kurz darauf standen wir endlich vor den drei Tannen und dem Häuschen. Das Licht im Flur leuchtete scharf begrenzt auf den Weg und uns. Lisa hockte sich mitten in das hell beschienene Rechteck auf die Erde, schimpfte mit sich selber und starrte auf das Haus. Dabei zupfte sie sich Hautfetzen vom Knie und den Schenkeln, dann versuchten ihre fahrigen Hände, Ordnung in ihren Haaren zu schaffen. Sie sah jämmerlich aus, zumindest reif für einen zweiten Wannengang und auch ich konnte eine Dusche gut gebrauchen.

„Wir machen das jetzt wie die vom Fernsehen", meinte ich daher salbungsvoll, mit dem gleichen dummen Ton von gerade eben, „Wiederholung Teil eins. Erst gehst du ins Bad und ich mach das Essen endlich fertig. Anschließend futtern wir gemeinsam und dann dusch ich, ja?"

Lisa nickte nur und verschwand wortlos im Bad, während ich in der Küche gegenüber wenigstens meine Hände wusch und mir etwas Wasser ins Gesicht klatschte. Dann reanimierte ich die Nudeln und bastelte aus den Tomaten und einer unverhofft gefundenen Zwiebel eine Soße. Die entstehende Menge sah nach mehreren prüfenden Blicken nach einer Wochenration aus.

Im Hintergrund vernahm ich die gleichen Geräusche wie ein paar Stunden zuvor. Während ich in dem Topf herumrührte, versuchte ich den Ansatz einer Lösung zu finden. Wollte ich aus dem Klick im Kopf etwas Greifbareres machen. Auf dem Revier gäbe es sicher ein Verzeichnis von Psychologen, die darauf spezialisiert waren. Echte. Typen, die eine Ahnung davon hatten, wie man mit solchen Kindern und Schädigungen umzugehen hatte. *Kinder.* Ich hatte wieder Kinder gedacht. Aber für die Idioten, die diese Schweinereien trieben, war genau das der Ansporn. So oder so musste ich mit Lisa vorher darüber sprechen. Gerade weil sie von ihnen nichts wissen wollte. Verscherzen wollte ich es mir mit ihr nicht. Mein Hexenhäuschen und ich mussten dann Bestandteil von Plan B sein. Genau dieser aber, der zweite Teil nach dem Klick, war nichts anderes als ein dumpfer Nebel in meinem Kopf.

Mit einer Hand rührte ich im Topf herum, mit der anderen wischte ich mir über die Stirn. Warum kümmerte ich mich plötzlich so um einen Menschen? Um einen, den ich überhaupt nicht kannte? Nur weil es ein junges Mädchen war, das meine Tochter hätte sein können und mit den Augen klimperte? Oder weil die Typen in der Anhörung mich von der ersten Sekunde an genervt hatten? Wahrscheinlich war ich tatsächlich ganz schön bescheuert.

Ein Blick zur Küchenuhr. Inzwischen war es kurz vor Mitternacht. Kurze Zeit später klatschten Lisas nackte Füße über den Boden und die Stufen empor. Um wiederum kurz darauf den gleichen Weg zurückzukommen. Wie selbstverständlich stand sie neben mir, neu eingekleidet. Sie hatte im Schrank bessere Sachen gefunden. Eine alte Sporthose, deren weniger lange Beine nicht so komisch um ihre schlabberten und ein blaues Unterhemd von mir, das ihr ebenso besser passte.

„Darf ich das anziehen?"

Ihr Tonfall bewusst neutral.

„Klar! Brauchst doch nicht immer zu fragen. Kannst hier haben, was du willst", gab ich zurück und betrachtete ihr Gesicht. Sie hatte es geschafft sich in der kurzen Zeit wieder zu schminken. Hatte sie etwa meine Gedanken von vorher erahnt? Und versuchte mich nun mit ihrem Aussehen und Augenaufschlag zu bestechen und so viel Eindruck zu machen, damit ich ja nicht auf *abschiebende* Ideen käme? Den Kratzer auf ihrer Wange zierte am oberen Ende ein kleines Pflaster. Den Rest hatte sie mit irgendeinem gefundenen Pülverchen nahezu verdeckt. Dass dieser jedoch geblutet haben musste, sah ich aber dann doch. Die Knie und Unterschenkel sahen vermutlich genauso abenteuerlich aus.

„Tut's weh?"

Sie tippte sich an die Stirn. Ich betrachtete sie genauer. Elf, zwölf, beziehungsweise dreizehn, ich hatte heute Morgen vollkommen danebengelegen. Auch wenn die Schminke ihr Alter unter Umständen übertrieb, war sie doch eine Jugendliche.

„Ich hab dich vorhin wie ein Baby behandelt. – Tut mir leid. Soll nicht wieder vorkommen. Bin leider etwas ungeübt darin."

„Du hast mich vorhin ganz normal behandelt. – Als erster Kerl der Welt."

Sie drehte sich um und öffnete den Schrank neben mir, als wüsste sie, dass sie dort Teller und Besteck finden würde.

„Im Wohnzimmer?"

„Ja, warum nicht. Ist ja nirgends richtig Platz."

Schon war sie verschwunden. Augenblicke später wieder zurück. Mit dem gleichen Selbstverständnis zog sie nun die Schublade links von mir auf und holte den Flaschenöffner hervor, ging zum Kühlschrank und öffnete zwei Flaschen Bier. Darauf nahm sie hinter sich zwei Gläser vom Regal und tapste mit den Errungenschaften und ihren nackten Füßen laut vernehmlich ins Wohnzimmer hoch. Wieder stand sie kurz danach in der Küche. Ich war nicht viel weitergekommen.

„Äh, warst du schon mal hier oder woher weißt du, wo die Sachen sind?"

„Ich bin fast sechzehn, schon vergessen? So Küchen funktionieren doch überall gleich. Ist kein Kunstwerk. Ich kann auch bügeln, waschen und saubermachen. – Wenn du willst. Und vor allem – so lang du willst."

Anerkennend hob ich die Augenbrauen und schüttete die Nudeln in den Topf mit der Soße.

„Also dann, lass uns dinieren", entgegnete ich mit einem affektierten Ton.

„Wie hast du eigentlich die ganzen Tage überlebt", wollte ich wissen, schob meinen leeren Teller weg und goss uns Bier in die Gläser.

„Überlebt. Das ist nicht schlecht. Das richtige Wort", erwiderte sie kauend, „helfen tut dir nämlich keiner in so 'nem Moment. Ich hab aber auch nirgendwo geklingelt und gefragt, *kann ich was zu essen haben oder so.* In unserer Gegend kennt man sich ja. Und schon hätte mich irgendein Idiot zurückgebracht. Nee, da hab ich lieber eine offene Feldscheuer gesucht, in der gepennt und bin zu Fuß weiter. Das ging ganz gut. Mitnehmen tut dich nämlich auch keiner, wenn du sagst, wohin du willst. *Was, nach Frankfurt? Bis Ulm geht's. Aber ...* Dabei begaffen sie dich von oben bis unten. Bei manchen siehste dann, wie's rattert, *wie jung die wohl ist, kann man doch mal glatt die Finger langmachen. Es mal versuchen und die vernaschen ...* Echt du, Arschgeigen gibt's?! ... und wenn in einem Wagen zwei Kerle gesessen haben oder 'ne Tussi und ihr Macker, hab ich sowieso die Finger gleich unten gelassen."

Lisa stopfte sich gierig zwei Gabeln voll Nudeln und Soße auf einmal in den Mund, verschluckte sich fast und ähnelte dabei einem ausgehungerten Tier. Nachdem sie ihr Glas Bier mit einem Zug ausgetrunken hatte, setzte sie ihren Bericht fort:

„Mit dem Essen war das auch so 'ne Sache. Bis vor drei Tagen war ich in der Gegend von Memmingen. Noch gar nicht weit weg. Da konnte ich meine Wasserflasche im Klo von einem Einkaufszentrum auffüllen und ein bissel betteln. Hat immerhin für zwei Hamburger gereicht. Dann hab ich in einem Supermarkt was mitgehen lassen. Ist, glaub ich, Mundraub, wenn man Hunger hat. Aber dann war Sense. Denn dann kam Mister 151. Der hat ja nicht mal schlecht ausgesehen. Nach Innsbruck wollte der mich mitnehmen. wir sind dann ein paar Kilometer gefahren. Aber ich hab mir fast schon gedacht, dass er anfangen würde zu fummeln. Die Hand kam aber nicht weiter als hier", Lisa füllte wieder mit zwei, drei vollen Gabeln ihren Mund. Dann kullerte ein Rülpser über ihre Zunge und sie zeigte auf ihre linke Beinbeuge und nuschelte kaum verständlich: „'ne Hose ist manchmal gar nicht so schlecht. Bei 'nem Rock wäre der schon längst ... ach, ist egal, sein Handy hat dann geklingelt, deshalb war an dem Parkplatz wieder Schluss. Aber weil das mit der Hose nicht so funktionierte, wollte der mir wenigstens unters Hemd, *ey, du, nur mal kurz, kriegst auch 'nen Zehner,* doch als ein kleiner Bus drei Plätze weiter anhielt, bin ich raus. – Bin mit dem ganzen Hin und Her, Frankfurt, Innsbruck, was weiß ich, also nicht weit gekommen, schöner Mist", sie schaute mich an und klimperte mit den Augen, „oder auch nicht."

Mitten in der Nacht knarzte die Stiege. Die Türen und Wände im Haus waren zu dünn, als dass sie solche Geräusche hätten abhalten können. Lisas schnellen, nahezu stolpernden Tapsern lauschend richtete ich mich im Bett auf, griff neben mich zum Stuhl und zog mein Hemd über. Es war halb zwei durch. Irgendwie war ich darauf gefasst, ihr wieder hinterherlaufen zu müssen. Doch statt der Haustür öffnete sie die zum Bad. Eine Sekunde später hörte ich sie sich übergeben. Immer wieder. Mit großer Heftigkeit, die mich schon vom Zuhören schmerzte. Das Würgen wechselte in ein Husten, das nicht aufhören wollte. Dann übermannte sie wieder der Brechreiz. Längst musste ihr Magen leer sein. Aber es wollte wirklich nicht aufhören. Endlich die Spülung, der Wasserhahn, noch ein Husten und leises Fluchen. Kurz überlegte ich, ob ich warten sollte, bis sie wieder oben wäre. Doch dann stand ich auf. Ihre Zimmertür war offen. Im Vorbeigehen sah ich hinein. Auf dem kleinen Hocker, den sie sich am Abend aus dem Bad mit nach oben genommen und neben die Couch gestellt hatte, lag ihr blinkendes Messer auf einem aufgeschlagenen Buch. Für alle Fälle. Ich ging hinunter und öffnete die Tür einen Spalt. Nur mit der kurzen dünnen Hose des Babydolls bekleidet, stand sie über das Waschbecken gebeugt und wrang das Oberteil aus. Ihre Beine schienen nicht viel dicker als die Ärmchen. Es roch sauer und scharf nach Erbrochenem. Als sie mich wahrnahm, schimpfte sie, mehr mit sich selber:

„Ich hab Danis Nachthemd vollgekotzt, so eine verfluchte Scheiße."

Wahrscheinlich machte ich unbedacht eine zu schnelle
Bewegung, Dani, seit sechzehn Jahren habe ich niemanden gehört, der das gesagt hatte. Dann, plötzlich
wich sie mit hochgehaltenen Händen und einem panischen Blick zurück und kreischte:

„Ich mach alles wieder sauber. Warte! Warte! Gleich
ist alles sauber, Vater, ich wisch alles auf, aber lass mich
in Ruhe, ich bin gleich fertig", nun überschlug sich ihre
Stimme, „Fass mich nicht an!"

Am ganzen Leib bebend schlug sie dröhnend mit den
Fäusten auf den Rand des Waschbeckens ein und dann
in der Luft herum.

„Lisa. Kleines, alles in Ordnung. Ich bin's", versuchte
ich sie zu beruhigen und ging auf sie zu.

Schon sank sie, die Hände noch im Waschbecken, von
einem Weinkrampf geschüttelt zusammen, zog dabei
den klatschnassen Stoff aus dem Becken, der auf sie fiel
und wie eine Dusche von oben bis unten vollspritzte.

Was folgte war kein normales Schluchzen, sondern
die Reaktion auf die Folter eines Alptraums, die ich
ebenso gut kannte und die nun ihren Körper durchrüt-
teln ließ. Einige Minuten hatte ich das Gefühl nichts anderes machen zu können, als zuzuschauen. Zu sehen,
wie auch sie solche Bilder quälten. Ich sah mich, mit
zitternden Gliedern und zitterndem Leib und war blo-
ckiert wie sie. Erst als sie sich an den Wannenrand
lehnte und um Jahre gealtert mehr durch mich hin-
durchsah als anschaute, meinte ich, wahrscheinlich
nicht besonders intelligent:

„Lisa, es ist alles in Ordnung. Ich geb dir ein T-Shirt
von mir. Ich habe genug von denen. Das Nachthemd
kann ich doch durchwaschen."

Ihre Mimik und Gestik, ihre ganze Reaktion zeigten,

dass sie mich nicht gehört hatte, sondern in diesem Moment von ganz weit herkam.

„Scheiße, jetzt siehst du, wie durchgeknallt ich bin. Ich hab Mutti vorhin da liegen sehen, mit dem ganzen Blut zwischen den Beinen und den Armen und dem hochgeschobenen Rock. Dann tobte im anderen Zimmer mein Vater herum, schmiss Sachen auf den Boden und schrie: Du alte Drecksau, dir werd ich das schon noch beibringen. Elisabeth hat zu tun, was *ich* will. Wieder später stand er plötzlich mit dem Messer in der Tür und ich bin durch den Flur in mein Zimmer gerannt, gerannt und gerannt. Dauernd gerannt. Als er gegen die Tür boxte, bin ich aufgewacht. Mir war scheißschlecht und musste kotzen."

Ich drehte mich um und nahm meinen Bademantel vom Haken. Als ich mich wieder zu ihr wendete, stand sie mit dem Rücken an die gekachelte Wand gelehnt. Die Hose über die Knie auf die Unterschenkel geschoben. Ihre Hände bedeckten das Gesicht.

„Sieh mich an! Hab ich nicht hässlich genug ausgesehen, verdammt nochmal?"

Ich betrachtete ihren dünnen Körper und sah ein nacktes junges Mädchen. Zugegebenermaßen mitleiderregend dünn und unfraulich. Wer den Grund nicht kannte, würde sagen unspektakulär. Beschämt blickte ich zur Seite und legte den Bademantel über ihre Schulter. Sicher, sie war dürr. Viel zu dürr. Ähnelte manchem magersüchtigen Model. Aber hässlich war sie nicht. Nicht hässlich genug, um einen geil gewordenen raunzigen und besoffenen Arsch abzuwehren. Trotz der spitzen Knochen an ihrem Leib.

„Leider warst du dennoch Mädchen genug. Und leider alles andere als hässlich. Ich mach dir einen Tee", sagte ich, kippte das kleine Fenster und ging in die Küche, „lass das ganze Zeugs wie es ist, da kümmern wir uns morgen drum."

Eine Viertelstunde später saß ich im Wohnzimmer auf dem Sofa. Aus Lisas wenigen Sätzen versuchte ich, etwas einigermaßen Begreifbares zu konstruieren. Kam aber immer zum gleichen Ergebnis. Vielmehr zu einer Katastrophe. Einem familiären GAU. Und Lisa steckte mittendrin. Der Versuch, nun den guten Polizisten zu spielen, misslang, ich wusste schlicht und ergreifend nicht wie. Kids im Jugendtreff nach einer Schlägerei zu besänftigen, war dagegen ein echtes Kinderspiel. Hier in der Gegend kuschten sie ohnehin, wenn sie unsere Uniformen sahen. Darüber hinaus kam es selten genug vor, um als Übung für solche Fälle zu taugen.

Auf dem Tisch stand die riesige Kanne Kräutertee, von dem Irma behauptete, dass er alle Sorgen vertreiben würde und von dem ich nun hoffte, dass es stimmte. Meine sonstigen Kenntnisse in erfolgreicher Fürsorge waren mangelhaft. Eigentlich müsste ich sie sofort ins Auto verfrachten und ab. Egal, was sie dazu sagen würde. Mir hatte ich bereits ein zweites Glas Cognac eingeschenkt. Das erste schon hinuntergestürzt, weil ich zu feige war, sie zu schnappen und in eine bessere Obhut zu geben. Stattdessen drückte ich mich in das Polster. Fast hatte ich es nicht bemerkt, als sie sich auf die Armlehne am anderen Ende des Sofas setzte. Sicherheitsabstand. Aber ohne Messer. Meinen Bademantel konnte sie nahezu zweimal um sich schlingen. Ihre Augen klein, übermüdet und angeschwollen. Körper, Geist und Seele durchfuhren nun einen weiteren Tiefpunkt der Krise.

„Die ganzen leckeren Spaghetti sind jetzt auch draußen. 'Tschuldige!", schniefte sie.

„Du musst dich nicht dauernd entschuldigen. Wenn du glaubst, du verträgst noch eine Portion, mach ich dir noch welche warm. Ist doch kein Problem. Von der

Soße haben wir ja noch für Tage genug übrig. Und du kannst es brauchen."

„Nee, lass ma. Lieber morgen 'n Frühstück."

Schweigend schaute sie mich an. Wie für ewig abgespannt, fahl, zerfallen, unsicher, zitternd und nervös. Alles zugleich. Dann rutschte sie vor und griff nach meinem Glas.

„Darf ich?"

„Dein Magen brennt danach wie die Hölle!", antwortete ich und überlegte, wie ich mehr aus ihr herausbekommen könnte, ohne sie vor den Kopf zu stoßen. Trotzdem trank sie einen großen Schluck und musste gleich darauf husten. Ohne allerdings den Cognac dabei im Zimmer zu versprühen, war dieser in ihrem Magen gelandet. Kunstschluckerin. Nur kurz rang sie nach Luft. Prüfend schaute ich sie an. Lisa schaute an mir vorbei und räusperte sich. Ihre Stimme krächzte.

„Ich fühl da nix mehr. Einmal ist es leer, ein andermal, als wenn ich den Kopf in 'ne dicke Wolke stecken würde. Die erste Stunde hab ich an der Autobahn vorne an der Böschung gesessen. Die ganzen Laster und Autos waren wie die Bilder da oben drin: wusch – wusch – wusch. Da kriegste nix mehr mit. Scheiße! Überall war Blut. Auf dem Boden, an meiner Mutti, an mir."

Erschüttert und verdattert hörte ich nur zu und nippte an meinem Glas.

„In der Nacht hab ich dem Idioten einen Schnaps geklaut. Anders war der Schmerz nicht auszuhalten, nachdem er mich gefickt hatte, ich glaub, bis hierhin hab ich ihn gespürt", sie fuhr mit einer Handkante ihre Kehle entlang, „fast hab ich ihn geschmeckt. Diese dreckige Sau. Und dabei wollte ich denen doch nur mein Zeugnis zeigen ..." Lisa unterbrach sich selber, „... jetzt bin ich halt bei dir gelandet."

„Warum bist du nicht zur Polizei?"

„Bin ich doch", ihre Kinnspitze kickte in meine Richtung, „und das Andere hat sich ja nun erledigt."

„Weißt du wie?"

Sie schaute mich lange an. Suchte nach Erklärungen. Ihr Kopf rollte dabei leicht auf der Wand hin und her. Sie spürte, so glaubte ich, dass sie sich verheddern könnte. Umso weniger erstaunte mich ihre Antwort.

„Am liebsten hätte ich's selber getan. Das kannst du glauben."

„Aber?"

Ihre Antwort war ein Schulterzucken. Ich hakte nicht nach, hatte keine Lust, noch mehr den Kriminalen herauszuhängen und sie irgendwelchen Befragungen auszusetzen. Dreimal verdrehte Fragen hatte ich am gestrigen Morgen selbst hinter mir. Der Bulle in mir sollte vorerst ruhig beurlaubt bleiben. Scheiße hatte sie genug erlebt, von dieser Geschichte war ich überzeugt. So einen Blick und so eine Nacht lernt man nicht zu schauspielern. Während ich mit einer verrückten Genugtuung an die berühmte, leider oft vergessene Geschichte mit der Bachmeier dachte, fragte Lisa:

„Was war Daniela für eine Frau?"

Sie verstand es wirklich von einem Extrem ins andere zu fallen. Innerlich musste ich schmunzeln. Ich atmete tief durch und sagte dann:

„Sie war in allen Belangen vollkommen anders als du. Einen Kopf größer, mindestens. Hatte eine sportliche Figur, also mehr auf den Rippen", ich machte die passenden Handbewegungen, die Männer an solchen Stellen immer zu machen pflegten, „kurze dunkelblonde Haare, grüne Augen, vollere Lippen. Sie war immer guter Laune, zog mit ihr jeden mit. Hatte ein Händchen für Kinder. Ihr hättet euch gut verstanden."

Ich wunderte mich, wie freizügig ich es ihr erzählte. Nicht einmal Gerda kannte irgendwelche Einzelheiten.

Wollte sie auch nie wissen.

„Weil ich'n Kind für dich bin. Stimmt's?"

Ihre Stimme war wieder spitz geworden.

„Nein, weil sie eine gute Mutter geworden wäre."

„Bei meiner Mutter hab ich auch gedacht, sie sei gut, aber der Arsch hat sie kaputt und schwach gemacht."

„Sie hätte sich trennen können."

„Hat sie mal versucht, ist zwei Jahre her, Tage später hat er sie bei einer Bekannten gefunden, an den Haaren nach Hause gezerrt und ins Wohnzimmer geworfen. Vor meinen Augen. Ein paar Wochen später fingen seine Fummeleien bei mir an", sie verschränkte die Arme dicht vor ihrem Körper und stierte an mir vorbei auf den Tisch. Still und für lange Augenblicke.

„Mein Gott, der hat mich gefickt! Seine eigene Tochter. Unter meinen Nägeln war danach so'n Stück von seiner Haut", sie hielt Daumen und Zeigefinger ein gutes Stück weit auseinander, „das hat den nicht eine Sekunde gestört. Und als ich ihn gebissen hab, donnerte der mir einfach eine Faust ins Gesicht, hier ..." sie zog mit einem Finger den Mund nach oben und zeigte eine Zahnlücke, „und die Nase war auch total blau. Was glaubst, was so einer mit 'ner Frau macht, wenn er sie an den Haaren ins Wohnzimmer ..."

„... und deine Freunde oder Verwandten?" versuchte ich einzuwenden.

„Die hat er aus dem Haus geprügelt, als sie ihm den Marsch wegen Mutti blasen wollten, mit dem gleichen Holzscheit wie mich. *Und geht schön zu den Bullen, dann brennt morgen eure Hütte,* hat er sie angeschrien. – Ich hab sowieso nur noch einen Onkel und den Opa. Muttis Papi. – Mein Alter hat keine Verwandten mehr gehabt."

Das war's! Die Schlägerei. Vor knapp zwei Jahren. Nachbarn hatten die Kollegen aus der Stadt zum Höggerlhof gebeten. Wegen des Geschreis und Lärms, der dabei veranstaltet wurde. Aber die zwei Männer, die den Kollegen entgegenkamen, hatten von einem Unfall mit einem Traktor gesprochen. Alles sei in Ordnung. Erst als man alles protokollieren wollte, kamen ein paar Sachen raus. Aber sie wollten partout keine Anzeige erstatten. *Alles halb so wild, der Kerl hat nur wieder zu viel gesoffen, ist doch völlig normal.* Alles nicht ungewöhnlich genug. Ein paar Wochen später gab's eine Ermahnung durchs Jugendamt und für einige Zeit kontrollierende Besuche, doch die waren dann auch irgendwann eingeschlafen. Die Tochter nicht auffällig genug. Erfolgreicher Einsatz, wie Lisas Schilderungen bewiesen. Seitdem war sie sein Spielzeug.

„Ich würde gern mal ein Bild von ihr sehen!?", unterbrach sie meine Gedanken und trank wieder einen Schluck aus meinem Glas, das ich ihr sogleich aus der Hand nahm.

Kind, sauf nicht so viel und buddel nicht in meinem Leben rum, schoss es mir durch den Kopf. Stattdessen kramte ich in einem Stapel auf dem Tischchen neben mir und zog ein Foto von Daniela hervor. Vor sechzehn Jahren am Neujahrsmorgen aufgenommen. Ausgerechnet das. In Taormina. Bei strahlendem Sonnenschein. Gleichwohl war es kalt. Eingepackt in einem dicken Pullover sitzt sie auf einem Mäuerchen und lächelt ganz besonders zufrieden in die Kamera. Im Hintergrund die Isola Bella. Vielleicht hatte ihr ein spezielles, frauliches Gefühl schon etwas verraten. Später rechneten wir nach, unser Kind wäre tatsächlich quasi eine Italienerin gewesen. An einem Tag in der Woche um Weihnachten auf Sizilien gezeugt. Rein rechnerisch keine sieben Tage jünger als Lisa.

Mehrere Sekunden waren verstrichen. Lisa hatte das Bild nur kurz betrachtet, legte den Kopf an die Wand

und starrte wieder vor sich hin. Es war nicht auszu-
machen, was sie nun bewegte. Außer dieser brutalen
Mischung aus Leid, den einsamen Erfahrungen der letzten Tage und übergroßer Müdigkeit konnte ich nichts
entdecken. Mir fehlte auch hier jegliche Erfahrung. Ich
nahm das Bild und studierte es wie eine nie gesehene
Fotografie. Ohne es zu merken, war Lisa von ihrem Sitz-
platz zu mir herübergekrochen. Ich hatte mir ein weiteres Mal gut nachgeschenkt und ehe ich mich versah,
griff sie zum Glas und trank es aus. Es war mittlerweile
das dritte Mal. Dann meinte sie:

„So 'ne geile Figur würd ich auch gern haben. Eine,
die sich lohnt, von einem anständigen Kerl begrapscht
zu werden. Statt vom eigenen Vater. Mit 'nem bisschen
mehr Busen und 'nem echten Hintern. So bläst mich ja
jeder Windstoß weg. – 'ne wirklich schöne Frau", stellte
sie ehrlich beeindruckt klingend mit einem Hicksen
fest, „meine Mutter wäre auch noch 'ne schöne Frau,
wenn mein Vater nicht so ein Arschloch gewesen
wäre."
Wieder ein Hicksen und plötzlich schob sie sich unter
meinen Arm. Kuschelte sich regelrecht wie ein kleines
Kind an mich, mitsamt ihrem Schluckauf. Sie war zwar
frisch gewaschen, aber durch ihre Haut und Haare ver-
dampfte nun statt der Seife reiner Alkohol. Kurz fügte
sie noch hinzu:

„Hoffentlich hat mein Relilehrer nich gelogn und
wir sehn uns alle ma wieder. Das wär doch was, wir alle
ma da oben."
Ein kleiner Rülpser kam gleichzeitig hoch. Sie kicherte,
zog die Beine hoch und griff nach meiner Hand, die anschließend sicher unabsichtlich auf ihrem Bauch lag,
hielt sie fest und schlief nur Sekunden später ein. Mit
ziemlicher Sicherheit war sie sturzbetrunken.

Gegen halb elf wachte ich auf, weil mir mein vibrierendes Handy, vermutlich zum wiederholten Mal, eine eingegangene Nachricht auf der Mailbox mitteilte. Lisa immer noch im Arm haltend beugte ich mich vorsichtig nach vorne und hörte anschließend die Aufzeichnung ab. Hans.

„Mensch Axel, von wem hast du den Tipp? Volltreffer kann ich nur sagen. Wir haben das Ehepaar Hartbauer in der Küche gefunden. Beide tot. Verblutet. Ein regelrechtes Schlachtfest. Acht Stiche hat Doktor Hauser allein bei ihr gezählt. Sie hielt ein Messer in der Hand, eigentlich zu klein, um sich zu verteidigen, aber mit Hartbauers Blut dran. Der Witz ist, die Waffe die zu ihren Wunden passt, hat man bisher noch nicht gefunden. Komische Sache irgendwie. Als wenn noch ein Dritter im Spiel gewesen wäre. Die haben ...“
Ich drückte die Stopptaste und lehnte mich zurück. Wie um mich aufzuwecken, wischte ich mir mit der Hand übers Gesicht. Vielleicht hatte ich doch nur schlecht geträumt und hörte noch einmal die Mailbox ab. Hans' Nachricht blieb unverändert. *Als wenn noch ein Dritter im Spiel gewesen wäre. Die haben doch noch 'ne Tochter?* Mein Gott, nicht auszudenken. Doch hatte ich mit einem Teil meines Verdachts über das *Ergebnis* also richtiggelegen. Während Hans' Stimme weitererzählte und von dem vermissten Mädchen und den unhaltbaren Zuständen auf dem Hof berichtete, musste ich ungewollt an die *Möglichkeiten* denken, die sich durch seine Worte ergaben. Lisa als Zeugin, womöglich als Beteiligte. Ich sah zu Lisa hinunter. Ihr schlafendes Gesicht war entspannt. Beim besten Willen, für so durchtrieben hielt ich sie nicht. Auch weil ich diese zumindest denkbare Lösung niemals wahrhaben wollen würde und, weil ihr Blick heute Nacht vor dem Einschlafen für diese viel zu leer gewesen war, als dass sie in Frage kommen konnte.

Genauso leer wie ihr Körper und ihre Seele. So viel Erfahrung glaubte ich zu haben.

In meinem Kopf rasten die Gedanken durcheinander. Wenn ich nun mit ihr aufs Revier oder sonst wo hinfahren würde, um sie irgendwelchen Zuständigen zu übergeben, würde sie unweigerlich in dieser Maschinerie zerrieben werden. Mir reichten ja schon die bekloppten Fragen bei meinen Anhörungen. Hans durfte sich an dem Fall ruhig die Zähne ausbeißen. Ich hatte keine Lust, Lisa herzugeben. Denn in mir reifte schon der andere Entschluss, der Plan B. Der Nebel lichtete sich ganz langsam. Gerade als ich mit der freien Hand eine Antwort-SMS tippen wollte, wachte sie auf. Meine linke Hand hingegen lag immer noch auf ihrem Bauch und Lisa stieß sie weg wie eine riesige, eklige Spinne.

„Scheiße!", entfuhr es ihr noch, dann war sie wach. Murmelte gleichzeitig ein *Entschuldige* und *Guten Morgen,* kämmte sich mit den Fingern durch die etwas verklebten Haare und versuchte in alle Richtungen wankend sich zu orientieren. Langsam kehrte die Gegenwart in Körper und Gedächtnis zurück. Ich riss mich derweil zusammen, fuhr mir nochmal über das Gesicht und meinte:

„Guten Morgen Lisa. Ja, du hast die ganze Nacht hier bei mir geschlafen. Nein, ich habe nichts gemacht. Ich habe nämlich auch geschlafen, ohne jeden Hintergedanken. Und, nein, wir haben wohl beide nichts geträumt. Drei Glas Cognac sollten auch einer Fünfzehnjährigen genügen. Vor allem nachts um halb drei."

Alles höchst originell, aber ich wollte sie weder mit Hans' Nachricht noch ihrer augenblicklichen Furcht konfrontieren.

Sie zupfte am Bademantel herum, rückte von mir ab und setzte sich wie in der vergangenen Nacht auf die Armlehne. Ihrem Gesichtsausdruck nach zu urteilen, brauchte sie noch eine Weile, um dem Frieden zu trauen. Dann stand sie auf und ging wortlos in ihr Zimmer. Mit ihrer Decke kehrte sie zurück. Ich sah, dass unzählige Fragen durch ihren Kopf schossen. In der Anzahl unterschieden sie sich sicher nicht von meinen.

„Alles klar?", fragte ich dümmlich.

„Ja, ja! Geht schon!", nickte sie und wickelte sich in der Decke ein.

„Aber?"

„'n bisschen Schädelbrummen."

„Kein Wunder", grinste ich.

Lisa schaute mich an. Mit ihren riesigen dunklen Augen. Schöne Augen. Verflucht schöne, wie ich mit einem Mal fand. Wenn auch verschlafen, ängstlich, unsicher, frierend und plötzlich wieder scheu. Lisa als Zeugin, womöglich als Beteiligte? Niemals! Ich drehte mich zu ihr. Trotz der Decke zitterte sie. Die Sonne, die gerade begonnen hatte über die Berge zu linsen, konnte sie noch nicht wärmen.

„Gilt das noch, was du gestern gesagt hast?"

„Was ich gestern gesagt habe?!", ich stand auf der Leitung.

„Ja, das mit dem Hierbleiben für'n paar Tage?"

Statt etwas zu sagen, nickte ich langsam mit dem Kopf und schaute sie abwartend an. Auch Lisa nickte lediglich und drückte sich in die Wandecke. Ohne ein Wort. Nach einer Pause kam die nächste Frage, die sie quälte.

„Wie lang sind ein paar Tage?"

Ich zuckte mit den Schultern.

„Weiß nicht. Ich kann's dir nicht sagen", gab ich zurück und wusste, dass ich nicht log. Die vertrackte Situation war mir längst aus den Händen geflutscht. Mir fielen mit jeder Sekunde, die ich nicht als Hüter der Gesetze ernst nahm, genügend Paragraphen ein, die mir zur Last gelegt werden konnten. Jeder hätte gereicht, meine Laufbahn endgültig zu beenden. Dazu waren keine weiteren Anhörungen notwendig. Wahrscheinlich war ich durchgeknallt, vollkommen meschugge. In Lisas Zuhause hatte man zwei Leichen gefunden und ich benahm mich, als wenn es sich dabei um zertrampeltes Ungeziefer drehte, das man auch hätte wegkehren können. Gute Antworten könnte ich für mein Verhalten also nicht geben. Mit dem ersten Schritt, gestern, zusammen mit ihr, hatte ich mich schon genug hineingeritten. Ich war reif für die Klappsmühle. Meine Fantasie reichte nur für abwegige Lösungen. Bekloppt genug für dusslige Filme. Bevor ich den Mist von mir gab, sagte ich:

„Die Wäsche ist ja auch noch nicht trocken."
Und:

„Wir können wohl beide 'nen Kaffee brauchen."
Nicken war unsere heutige Kommunikationsform. Ich stand auf und ging hinunter. Lisa folgte mir nahezu im Schlepptau und verschwand wieder einmal im Bad. Diesmal drehte sie den Schlüssel um. Wieder ertappte ich mich dabei, zu lauschen. Aber ich hörte nichts. Lange nichts. Ich schlich zur Tür und legte ein Ohr an das Holz. Leise war ihr Schluchzen zu hören, das sie wohl mit einem Handtuch vor ihrem Gesicht zu unterdrücken versuchte. In ihrem Kopf war dieser Haufen Leere, von dem sie erzählt hatte, und ein genauso großer Haufen an Fragen aufgetürmt und mit diesem die Befürchtung statt Antworten wieder nur Fragen zu erhalten. Während ich mich fragte, wie lange das noch gut gehen würde, bevor die Wellen des Erlebten, des Grauens oder eines Schocks sie erfassten. Eine notwendige Reaktion darauf hatte ich nicht parat.

Ungehörig schaute ich durchs Schlüsselloch. Nach einer Weile stand sie auf und zog sich aus. *Hab ich nicht hässlich genug ausgesehen?* Tapste unentschlossen mit ihren nackten Füßen auf den Fliesen herum und zog dann den Vorhang der Dusche hinter sich zu. Das plätschernde Wasser verschluckte fast ihr etwas lautes, vom Weinen erfülltes Selbstgespräch. Meine Überlegungen kamen zu keinem besseren Ergebnis. Zurück in der Küche stützte ich mich auf die Anrichte und schaute durch das kleine Fenster hinaus auf die Einfahrt. Die Schatten der Bäume wurden allmählich deutlicher. Ohne Fratzen oder Gesichter. Und vor der Felswand darüber flogen nur eine Handvoll Dohlen aus purer Langeweile kreuz und quer. Sonst war nichts zu sehen. Obwohl nun zu zweit, waren wir hier draußen einsam. Dagegen konnte es nur eine Lösung geben. Diese ging weit darüber hinaus, was der andere, noch unreife Plan hätte versprechen können.

Ich klatschte in die Hände und richtete ein üppiges Frühstück. Ganz hinten in meinem Kopf nahmen meine grauen Zellen die ersten Planungen auf. Psychologen und andere spielten keine Rolle mehr darin. Schon bei der ersten hörte ich mich selber *Ja* sagen, als ich mich fragte, willst du das überhaupt? Kaum dass ich den Tisch im Wohnzimmer gedeckt hatte, kam Lisa die Stufen herauf. Wieder blieb sie auf der obersten Stufe stehen. Wieder von einem Handtuch eingewickelt. Ihre Augen sahen nicht besser aus, als heute Nacht, als hätten sie bereits einen langen, anstrengenden Tag hinter sich gebracht. Mit einem angedeuteten Lächeln betrachtete sie den Tisch. Ihren Platz hatte ich neben mir vorgesehen. Sie sollte nicht wieder auf dem Boden sitzen müssen. Ich hoffte, sie war einverstanden. Als sie aufsah, war ich davon überzeugt.

„Bin gleich soweit", sagte sie und schloss die Tür ihres Zimmers.

Mit ihrer noch halbfeuchten und viel zu weiten Jeans und einem T-Shirt von mir setzte sie sich neben mich.

Schüchtern blickte sie mich an und versuchte zu lächeln. Die durcheinandergekegelte Reihe ihrer Zähne blinzelte dabei zwischen ihren Lippen hervor. Für diese Unordnung würde ich auch noch eine Lösung finden. Aber ihr trauriges Gesicht war wirklich nicht das eines kleinen Mädchens. Die Haare hatte sie nach hinten gebunden. Ich zeigte auf das Haarband an ihrem Kopf.

„Ist das 'ne ..."

„... Socke von dir. Genau! – So was lernt man, wenn man in der Schule nicht der letzte Depp sein will. Hab ich schon oft mit kaputten Strumpfhosen gemacht. Den Knoten sieht man nicht unter den langen Haaren."

„War wohl nichts mit mal einkaufen gehen?"

„Wovon träumst du nachts?"

„Dann werden wir das mal nachholen. Du brauchst dringend Sachen zum Wechseln."

Lisa schaute mich erstaunt an.

„Und wie stellst du dir das vor?"

„Wie Milch einkaufen. Reingehen, aussuchen, bezahlen. Ok?"

Als wenn ich einen Witz gemacht hätte, schüttelte sie amüsiert den Kopf.

„Ja klar! Ganz einfach! Super! – Du bist wirklich verrückt. Total plemplem."

„Da könntest du Recht haben. Und nachher fahr ich kurz ins Dorf und geh Lebensmittel besorgen. Wir haben kaum noch was im Haus", ich legte meinen Kopf schief und zog die Mundwinkel nach oben, „du kannst putzen, hast du gesagt?"

Natürlich hatte Irma mich vor ihren Regalen beobachtet und war neugierig geworden, *Du hast noch nie Joghurt gekauft* und eine Minute später: *Du machst eine Diät, nicht wahr?* Jedes Mal antwortete ich nur mit einem übertriebenen Lächeln, weil mir keine geeigneten

Worte einfielen und kassierte einen weiteren mütterlichen Rat. Sie hatte ihre eigenen Schlüsse gezogen: *Für ein Bircher-Müsli nimmst du am besten ...*, legte sie los und fügte hinzu, *ach, ich leg dir mal was zum Ausprobieren rein. – Oder hast du eine neue Freundin und willst dich wieder fitmachen?*, giggelte sie und klopfte mir im Vorbeigehen auf den Bauch. Bevor sie mich an einen gefährlichen Punkt brachte, an dem ich erst recht nichts mehr erwidern konnte, tat ich schnell noch einige Packungen und Dosen in den Wagen und schob ihn zu ihr an die Kasse. *Na, bei dem, was du einkaufst, sehen wir uns ja erst Weihnachten wieder.* Ich kratzte mich am Kopf und meinte ablenkend:

„Ich krieg ein bisschen Besuch."

Sie lächelte wissend.

Anschließend fuhr ich bei Gerda vorbei. Ich kam ungelegen und auch wieder nicht. Eigentlich wollte ich mich nur zeigen, um auch ihr Normalität vorzugaukeln und nach einem Kaffee wieder zu gehen. Bei ihr löste ich jedoch ein schlechtes Gewissen aus.

„Wenn du doch bloß vorher angerufen hättest", begrüßte sie mich mit leichtem Vorwurf und gab mir einen flüchtigen Kuss, „ausgerechnet heute steh ich auf heißen Kohlen. In fünfzehn bis zwanzig Minuten muss ich weg. Und vorher muss ich noch die Tasche packen." Schon hatte sie sich umgedreht und war in ihr Schlafzimmer verschwunden. Ich folgte ihr bis zur Tür, blieb stehen und lehnte mich an die Zarge. Ihr Bett war nicht wie sonst mit der einladenden und molligen Decke bedeckt, sondern mit verschiedenen Kleidungsstücken. Gerda begann sich auszuziehen. Im Gegensatz zu sonst allerdings von mir abgewandt und ohne den sonst üblichen Augenaufschlag. Neugierig beobachtete ich sie dabei. Als ihre Bluse auf dem Stuhl gelandet war, schob sie die Hose hinunter. Anmutig, trotzdem, dachte ich und betrachtete die beiden Grübchen über ihrem Po. Dann analysierte ich die Kleidungstücke auf dem Bett. Was wollte sie mir verschweigen? Hatte ich etwas nicht mitbekommen? Für einen kurzen Moment waren ihre Brüste entblößt. Schöne Brüste. *Welche, die es lohnt zu begrapschen*, urteilte ich und schmunzelte. Doch hatte sie schon nach einem anderen BH gegriffen. Einem, den man vorne öffnen konnte. Gerade als sie dann noch ihren Slip gegen einen String wechseln wollte, löste ich mich von meinem Platz und ging die fehlenden einbinhalb Schritte zur ihr. Hinter ihr stehend, küsste ich sie zwischen den Schulterblättern. Ein schmerzlicher Verdacht kam in mir hoch.

„Ein Mann?"

Gerda drehte sich um und musterte mich mit zusammengekniffenen Augen.

Eine Handbreit Abstand zwischen uns.

„Hör ich da etwa Eifersucht?", witzelte sie.

„Hab ich Grund dazu?"

„Er wird mich auf jeden Fall in engen Klamotten sehen."

Nun war sie ganz dicht an mich herangetreten. Ihr Atem roch nach Zahnpasta und ihre Haut nach dem Duschbad, das ich ihr zum Geburtstag geschenkt hatte.

„Und dann?", hauchte ich in ihr Gesicht von oben.

„Wie ich schon nach einer Viertelstunde schwitze – am ganzen Leib."

Sie bog sich und rieb ihren nackten Unterleib an meiner Gürtelschnalle. Ihr einzige Berührung. Am liebsten hätte ich nun das Übliche gemacht und sie auf das Bett geschupst. Dass ich dafür bereit war, fühlte sie mit ziemlicher Sicherheit eine Handbreit tiefer unter dem metallenen Verschluss. Bevor ich aber mein Vorhaben umsetzen konnte, ergänzte sie:

„... und dann lacht er sich kaputt, weil ich so gelenkig bin wie ein Lattenzaun."

Mit dem letzten Wort fuhr sie mit einer Hand und aufgefächerten Fingern hinter den Gürtel meiner Hose und kniff mir in den Hintern.

„Ich fang wieder mit Pilates an. – Guck doch! Alles hängt an mir herunter. Haut. Busen. Bauch und Po. So kann ich doch nicht mehr rumlaufen. Ich seh's im Spiegel und du sagst nichts."

Sie trat einen Schritt zurück.

„Ich seh nichts."

„Weil du nie hinsiehst und das Licht ausmachst."

„Nee, weil ich's schön find und kein Licht ausmach."

Nun schupste ich sie doch. *Aber zum Bumsen hast du 'ne Tussi.* Und nach fünf Minuten meinte Gerda nur:

„Jetzt komm ich zu spät. Und das gleich beim ersten Mal."

Die Haustür war angelehnt. Lisa musste mich wohl schon den Weg entlangfahren gehört haben. Ich war ausgeruht und gut gelaunt. Öffnete die Tür mit Schwung. Rief gleichzeitig mit einem *Hallo* Lisas Namen, fast ein wenig singend, mit einem *...ahaa* am Ende. Freute mich sogar sie wiederzusehen. Überschwänglich wie ich strömte das Tageslicht mit mir hinein. Einen Schritt später blieb ich jedoch im Gegensatz zu diesem jäh stehen. Die helle Flut überholte mich und drängte an mir vorbei. Lisa stand am Ende des Ganges. Unerwartet beleuchtet, wie von einem Scheinwerfer. In den frisch gewaschenen Klamotten. Mit dem Rücken an die Wand gepresst. Ihre Haltung passte nicht zu meiner Stimmung. In der letzten Bewegung vor einen Angriff verharrend.

„Jemine! Kleines? Was ist passiert?", fragte ich verwundert.

„Du bist länger weg gewesen, als du gesagt hast. Die ganze Zeit hab ich gelauscht. Überall knackt und scheppert was. Ich hab immer Schritte gehört. Ich hätt' wetten können, dass draußen jemand herumschleicht. Noch 'ne Stunde und ich wär abgehauen", ihr ganzer Körper war in Aufregung und ihre Stimme schlug leicht ins hysterische, „du warst auf dem Revier oder hast dich mit jemandem getroffen und dem von mir erzählt. Stimmt's? Wahrscheinlich rücken die gleich hier an?"

Ein Zeigefinger von ihr stach in meine Richtung.

„Nein, dummes Zeug! Wo denkst du hin, keiner hat die geringste Ahnung, dass du hier bist. Bin ja auch nicht blöd."

Der Gerdaeffekt war fast verflogen, und dass ich bei ihr vorbeigeschaut hatte, musste Lisa nicht wissen. Ich war ja wohl keine Rechenschaft schuldig. Trotzdem fielen mir plötzlich, gleich einem fremdgegangenen Kerl, eine ganze Menge Ausreden ein: Laden war voll, Kasse kaputt, zu wenig Personal, ich habe noch den oder den getroffen und ein Bierchen getrunken. Mürrisch über mich selbst, spukte mir auch noch Hans' Bericht im Kopf herum. Auch wenn ich nach Lisas Reaktion gestern Abend fest davon überzeugt war, dass sie längst jedes Detail wusste. Um uns auf andere Gedanken zu bringen, versuchte ich abzulenken:

„Komm, ich habe uns jede Menge mitgebracht, damit wir in den nächsten Tagen nicht verhungern. Kannst mir tragen helfen."

Langsam löste sie ich von der Wand. Mit geballten Fäusten.

„Wo warst du?"

„Einkaufen, einen Kaffee trinken und kurz bei einem Freund."

„Bei einem Freund?"

Wieder blieb sie zwei Meter vor mir stehen. Eine gefühlte Kluft.

„Stell dir vor Lisa! Ich habe Freunde! Und bevor die mich hier besuchen kommen, gehe ich zu ihnen. Ich habe nämlich noch keine Lust, dich denen vorzustellen. Das gäbe nämlich den reinsten Erklärungsnotstand."

Sauer geworden und doch etwas genervt versuchte ich gleichzeitig zu beschwichtigen. Dass ich nicht wütender wurde, hatte sie dem Nachmittag mit Gerda zu verdanken.

„Wo willst du dich denn verstecken, wenn hier jemand aufkreuzt? Im Wald? Im Bad? Im Heizungsraum? Und was machst du, wenn die erst nach Stunden gehen? Oder wenn das eine Frau ist, die über Nacht bleibt? Soll ich dich auf dem Öltank pennen lassen?"

Ihr Mund wurde zu einer schmalen Linie. Sie schloss ihre Augen und murmelte:

„Geht mich ja auch nix an. Tschuldigung! Jetzt stör ich auch noch dein Leben. – Ist ja klar, du brauchst ja 'ne richtige Frau und nicht so eine beknackte Kuh wie mich."

Ihre Fäuste öffneten sich und sie ging an mir vorbei. Vorne an der Tür angekommen, wendete ich mich zu ihr und hielt sie fest. Mit einer wütenden Bewegung befreite sie sich. Die Arme vor ihrem Körper verschränkt. Mir blieb nur:

„Kleines, du störst gar nichts. Schon gar nicht mein Leben. Und egal wie du dir deines jetzt vorgestellt hast, wir werden es schon noch eine Zeit lang miteinander aushalten – müssen, oder? Vielleicht sollten wir in den nächsten Tagen etwas Ordnung in die Sache bekommen?! Dauernd fortzulaufen bringt überhaupt nichts. Bei der Scheiße, die du mitgemacht hast."

Unbeweglich stand sie da. Kaum sichtbar nickte sie und sah nach ein paar Sekunden über ihre Schulter zurück

– und doch gleichzeitig an mir vorbei. Dann atmete sie tief durch und schluckte einen Wust undefinierbarer Gefühle hinunter. Keines davon konnte ich nachempfinden. Für keines hatte ich bislang eine vollendete Lösung parat, außer sie in andere Hände zu geben. Was ich aber andererseits seit Stunden nicht mehr wollte. Ihr Vater hatte ganze Arbeit geleistet und genug Konfusion in ihr hinterlassen. Und jetzt bildete ich mir wohl tatsächlich ein, den großen Ausgleich schaffen zu können. Warum hatte ich bloß so wenig Ahnung von Kindern? Auf jeden Fall dachte ich in diesem Moment eines zu haben. Ein Kind, meine ich. Lisa ging zum Bad und blieb einen Schritt davorstehen.

„Einige Tage", es klang frustriert.

Ich hob Schulter und Hände und ließ sie wieder fallen.

„Ja. Warum?"

„Dann kommt – Frauenbesuch und ich hab zu verschwinden."

„Quatsch! Wie kommst du darauf? Niemand kommt – und du bleibst."

Lisa seufzte und öffnete die Tür. Wieder schaute sie mich an. Überlegte.

„Nun denn. – Darf ich dich was fragen?"

Jetzt huschte wieder ein Lächeln über ihr Gesicht.

„Natürlich", entgegnete ich, von ihrer positiven Miene überrascht.

„Dann warte, bitte!" gebot sie mir mit einer erhobenen Hand und schloss die Tür. Ich gehorchte, brachte endlich die Tüten in die Küche, holte die restlichen aus dem Wagen und setzte mich anschließend auf eine der knarzenden Stufen der Stiege. Ohne mir vorstellen zu können, was mich erwarten würde, stellte ich mich auf einen plötzlichen Stimmungsumschwung ein. Eine halbe Minute später kam sie wieder aus dem Bad und stand im Flur. Neu eingekleidet. Siebte oder achte Folge.

Sie hatte in meinem Schrank ein altes, rotkariertes Hemd gefunden, das noch aus einer Zeit stammte, als die kanadische Holzfällermode modern war. Mit dem Gürtel ihrer Jeans hatte sie es wie ein Kleid über ihrer Hüfte zusammengebunden. Der Anblick hatte zugleich etwas Drolliges und Bedrückendes an sich. Denn er zeigte mir ihren kämpferischen Versuch ein normales Mädchen sein zu wollen. Egal wie dünn ihre Beine darunter hervorlugten und obwohl sie so viel Schlechtes in ihrem Leben erlebt hatte. Ihr Wunsch war in dieser Hinsicht identisch mit dem aller Altersgenossen.

„Das sieht pfiffig aus, ich hoffe, ich krieg auch noch ein paar Pfunde an dich dran."

„Ich darf's also behalten?!", freute sie sich.

Natürlich durfte sie. In einem solchen Outfit würde gerne jeder *normale* Vater der Welt mit seiner Tochter spazieren gehen und mit ihr angeben wollen. Plötzlich schoss mir eine weitere Verrücktheit durch den Kopf, die jetzt schnell mehr war als eine bloße Idee.

„Was hältst du davon, wenn wir mal an einem Wochenende für ein paar Tage wegfahren? Das tut uns sicher gut. Vielleicht hilft's uns, auf andere Gedanken zu kommen und die Situation zu klären. Ich kann dich hier nicht ein Leben lang einsperren."

Zweifelnd schaute sie mich an. Erst *Einige Tage*, dann ein Wochenende und nun *Ein Leben lang*, was redete ich denn für einen Blödsinn. Wieder konnte ich diese plötzliche, schmerzerfüllte Furcht in ihren Augen erkennen.

„Was bedeutet das für mich?"

Eine seltsame Frage war das.

„Was meinst du damit? Von wegen bedeuten?"

„Mein Gott, wie soll ich das alles wieder gut machen können? Alle wollen, dass ich irgendwas, was ich kriege, wieder gut mache. Aber ich kann dir nichts geben. Ich habe kein Geld, nichts was du gebrauchen könntest, nur diesen dreckigen Stoffbeutel und ..." Lisa blickte zu Boden, „... mich."

Wie gestern rutschte sie am Türrahmen runter und setzte sich auf den Boden. Diesmal gottlob kein Zusammenklappen mit eventuellen Fluchtfolgen, dachte ich. Gerade wollte ich deshalb gut gelaunt erwidern, dass sie doch genüge, schon verzog sich schmerzvoll ihr Gesicht. Mit angezogenen Knien, wie vorgestern auf dem Parkplatz, saß sie mir gegenüber.

„Beim ersten Mal, ich war grad dreizehn geworden, kam mein Vater mit 'nem Stoffhasen in der Hand ins Zimmer. *Ich hab dir was mitgebracht, jetzt krieg ich doch sicher einen Kuss dafür. Aber einen anständigen.* Dann streckte er die Arme aus, zog mich an sich und schob einfach seine Hände unter mein Hemd. Ich dachte mir nichts dabei. Das war ja mein Papi. Der kitzelte mich ja nur. Ich musste sogar lachen, als er mir in den Hintern kniff. Ich sah den kleinen Hasen mit dem schief vernähten Gesicht an und überlegte, wie ich ihn nennen könnte. Lissi fiel mir spontan ein. Lisa und Lissi. Das passte zusammen. Während ich ihn in meinen Händen hin und her drehte und sah, dass er von der einen Seite ganz traurig schaute und von der anderen ganz lustig, rubbelte mein Vater an meinen Brüsten herum und zerrte an dem Gummi meines Schlüpfers, stieß einen Finger zwischen meine Beine und fing plötzlich an zu stöhnen. Ich war starr vor Angst, sagte nichts, wagte mich nicht zu bewegen, mich zu wehren. Gar nichts. Ich hatte eine Scheißangst. Lissi sah mich mit ihrem traurigen Gesicht an, als er mit einer Hand in seiner Hose und mit dem Finger in mir drin zugange war. – Seitdem hatte ich keinen richtigen Hunger mehr. Deshalb sehe ich so aus. Ich konnte in mich reinstopfen, so viel ich

74

wollte. War der im Flur zu Gange oder vor meiner Zimmertür, hab ich Minuten später zu zittern angefangen und alles rausgekotzt."

„Und deine Mutter hat nichts mitbekommen?"

„Meine Mutti? Wie hätte die mir helfen können? Ich hab sie nur ansehen müssen und sofort gewusst, dass sie genauso scheiße dran war wie ich und auch dauernd spucken musste. Aber noch schlimmer war, dass wochenlang nichts passierte. Immer, wenn ich ihn sah, dachte ich, jetzt, jetzt geht's von vorne los, Mutti ist nicht da, gleich fängt er wieder an. Bei jedem Geräusch vor meiner Zimmertür erschrak ich, fuhr ich zusammen und versuchte mich unsichtbar zu machen. Kroch unter den Tisch oder das Bett. Eines Tages stand er dann neben mir, versperrte mir den Weg und brabbelte, *lass uns wieder ein bisschen spielen*, ich schrie und schlug um mich, als er an meinen Armen zerrte, aber er hatte bereits gewonnen. Weil ich nach seinen Ohrfeigen dann wie'n Betonklotz dastand. Ich hab die Augen zugemacht, nickte nur noch und er fing an mich auszuziehen. Mit fummeligen Händen, glasigen Blick und seinem Kack-Atem. Und alles war klar. Der brauchte gar nichts mehr sagen, ich wusste auch so, dass Mutti davon nichts erfahren durfte. – In der Schule haben sie uns ein paar Jahre vorher Geschichten über fremde Männer erzählt. Und dass wir aufpassen müssen. Toll! Hab immer achtgegeben. Bin mit keinem mitgegangen. Und dann kommt der daher und ich krieg's von meinem Vater besorgt. Den eigenen Vater und den verpetzt man nicht, oder? Ich hatte auf jeden Fall nicht die leiseste Ahnung, wie ich das jemand hätte beibringen können. Das hätt' mir doch keiner geglaubt. Der Vater macht so was nicht. Nein, der nicht. Davon hat keiner gesprochen. Aber ich stand nackt vor ihm. Wie'n toter Baum. Weglaufen zwecklos. Der hätt' mich nach Strich und

Faden verprügelt. Und wohin, bittschön, hätt' ich auch laufen sollen? – Er hat mich am Hals gepackt, gegen die Wand gequetscht und in einer Tour an mich ran gelabert. *Du wirst schon sehen, das macht Spaß, mein Täubchen. Komm her, mach ma so und so.* Klang jedes Mal wie'n Röcheln oder so'n schreckliches Gurgeln. Dann ging alles ganz schnell. – Meine Mutti hat immer nur mein Gesicht gesehen, aber die tausend Flecken auf meinem Hintern, Rücken oder sonst wo nicht."

Lisa schaute mich mit ihren großen und weit aufgerissenen Augen an. Ohne eine Träne. Blass und bleich. Sie sah mich nicht, sah in mir nur einen Spiegel, sah in ihm alles wieder, was sie erst seit ein paar Tagen hinter sich hatte. Und ich Blödmann hatte sie *Täubchen* genannt, dauernd ihre Wangen getätschelt oder durch ihre Haare gewuselt. Kein Wunder, dass sie weggerannt war.

„Ich hätte dich nicht in den Arm nehmen sollen. – Entschuldige!"

„Du sollst mich sogar in den Arm nehmen und anfassen. *Er* ist das Arschloch, nicht du! Ich will keine Angst mehr haben. Ich will nicht mehr weglaufen müssen. Nicht mehr kotzen. Ich will essen können. Schlafen. Leben. Ich will ein normales Mädchen sein und endlich liebgehabt werden."

Tonlos fuhr sie fort, bis sich auf einmal ihre Stimme überschlug und sie unablässig, ihre Hände zu Fäusten geballt, auf den Boden oder gegen die Wand neben sich schlug. Ich wusste nicht, wie ich sie beruhigen konnte. Irgendwie rutschte mir der Anfang eines Gedankens heraus.

„Dein Vater ..."

„... wusste später genau, wann ich meine Tage hatte, kapiert?", vollendete sie meinen Satz, „der musste nur noch warten, bis Mutti zur Abendschicht in den Super-

markt ist. Da war sie manchmal als Aushilfe. Nachmittags gehörte ich also ihm. So oder so. Nur gefickt hatte er mich bis dahin noch nie. Nur seinen schmierigen Finger reingesteckt. Wenn ich Glück hatte, war seine Fummelei schnell vorbei, weil er bis oben abgefüllt war, dann war's ihm schon gekommen, bevor ich ganz ausgezogen war. Ich musste nur noch ein paar Minuten warten und er pennte die ganze Nacht, bis ich zur Schule musste. Aber an dem Tag hab ich einfach nur Pech gehabt. Ich wusste, irgendwann würde er auf diese Scheißidee kommen und wollte dafür vorbereitet sein. Mit einem Messer oder so unter meinem Bett. Aber der hielt mich einfach fest, als ich aufs Klo wollte. Wieder mitten im Flur. Nicht in meinem Zimmer. Quetschte mir die Arme ab und zog mir die Klamotten aus. Ritsch. Ratsch. Hand an meinen Schlüpfer und – abgerissen. Da war Schluss mit *Täubchen.* Als ich mich wehrte, hat er mich geschlagen. Immer mit der flachen Hand, damit man später nichts sah. Dann hat er meine Hände zusammengebunden, mich in mein Zimmer geschleift und gelallt, *jetzt mach ich ein schönes Engelchen aus dir, mein Täubchen, so 'ne richtig fesche Braut. Wird auch langsam Zeit.* Warf mich wie'n Kissen aufs Bett, machte seine Hose auf und bumste mich vorne und hinten, bis ich blutete. – An das Messer da", sie zeigte mit einem wedelnden Finger unter die erste Stufe, „kam ich nicht ran. Das lag unerreichbar unter meinem Bett, egal wie ich mich streckte. – Weißt du, wie weh das tut, wie verdammt weh das tut? Es hat mich auseinandergerissen. Wie ein Pflock, den man in die Erde rammt, durchstoßen. Bis zu meinem Herz hinauf. Ich habe geblutet, ununterbrochen geblutet. Da unten, vorne und hinten, aus meiner Nase und meiner Fresse. – Bitte sage nicht, dass du das von mir verlangen willst!"
Dass dies ihre Geschichte war, hatte ich die ganze Zeit

befürchtet, Teile als Bilder tauchten davon immer wieder in meinen Gedanken auf, die ich dann sogleich verdrängte, weil sie nicht auszuhalten waren, doch nun traf mich das ganze wie ein Schlag. Um Worte ringend meinte ich leise:

„Wie kommst du da drauf? Niemals. Niemals, wird dir das wieder geschehen."

Ich hatte schon viele Fehler in meinem Leben gemacht, aber das sollte der fatalste werden. Lisa kauerte wieder auf dem Boden. Ein armseliges Häufchen. Die Haustür stand immer noch offen, aber das helle, strahlende Licht umhüllte Lisa mit einem widersprüchlichen Abendrot. Hilflos und stumm schaute ich sie an. Dann raffte sie sich auf und nahm das Messer unter der Stufe hervor. Die Klinge zielte auf mich und ihr Körper schien für einen Angriff gerüstet. Ihre Angst hätte sie nicht besser zeigen können.

„Komm her!", sagte ich, obwohl ich nun wusste, was dieser Satz für sie bedeuten musste. Aber ich hoffte, sie würde eine tröstende Umarmung verstehen und annehmen können. Tatsächlich kam sie nach einigen Sekunden herüber und blieb dicht vor mir stehen. Das Messer funkelte nun genauso rötlich wie das Licht von draußen. Als wenn sie damit mein Versprechen kontrollieren wollte, zeigte die Spitze unmissverständlich nach vorne. Ich griff nach einer Hand von ihr und zog sie vorsichtig näher. Scheinbar willenlos ließ sie es geschehen. Dachte vielleicht an das im Flur auf dem Hof, weil sie alles Gesagte von mir als Lüge erwartete oder weil sie einfach allem müde war.

„Niemals! Ich schwör's!", wiederholte ich und drückte mein Gesicht in ihre Haare. Vielleicht hätte ich der Tante damals oder meinen Kollegen, wenn sie über ihre Kinder berichteten doch besser zuhören sollen. So war es wahrscheinlich die dämliche Reaktion eines Polizisten, der keinerlei Erfahrungen auf diesem Gebiet hatte. Wir konnten Vergewaltiger leider nur verhaften und in diesen Augenblicken an Stelle der traumatisierten Opfer auch ein wenig triezen. Doch die Misshandelten bekamen unser viel zu weiches Geschubse längst nicht mehr mit. Sie waren dann meist schon außer Sichtweite und einer psychologischen Betreuung übergeben. Uns blieb, wenn überhaupt, so ein schlauer Satz wie: Es wird alles wieder gut. Mehr nicht. Unser Polizisten-Alltag sah anders aus. *Normale* Fälle werden eher mathematisch aufgeklärt. Indem man 1 und 1 zusammenzählt. Mit Logik und ohne Emotion. Denn die versaut nur alles, macht befangen und voreingenommen.

„Hast du keine Freundinnen oder Klassenkameradinnen gehabt, denen du dich hättest etwas anvertrauen können?"

„Klassenkameradinnen? Anvertrauen? Diese dummen Gänse stolzieren doch nur rum und qualmen. Kichern, gackern und gucken sich dämliche Shows in der Glotze an, schmieren sich Pampe ins Gesicht, schreiben bescheuerte SMS und machen sich's drei Mal am Tag selber. Wenn ich's höre, wird mir schon schlecht. 'N paar von denen haben schon Titten, so prall wie Semmeln und die zeigen sie schön herum. Knöpfchen auf und wenn man in der Pause rumläuft, noch eins, damit Klaus, Gerd, oder wie die alle heißen, auch schön was zum Gucken haben. Und wenn sie besonders blöd sind, machen sie Bildchen fürs Internet. Da ist nix mit anvertrauen! Eine, die sich 'ne Gurke reinschiebt und damit groß rumtönt, hat doch von nichts 'ne Ahnung. – Nein, entweder abhauen oder vor'n Zug springen."

Reglos blieb sie stehen. Wie in Erwartung. Wieder hatte ich nichts Besseres auf der Pfanne als:

„Ich richte uns jetzt ein Vesper. Du hast doch sicher

Hunger?!"

Hunger. Etwas, das sie seitdem doch selten spürte. Ich hatte das Gefühl, in eine Sackgasse geraten zu sein. Dabei hoffte ich längst, dass meine kleine, verrückte, noch stille Idee eine Lösung sein könnte.

Wir seufzten fast zeitgleich. Kurz drückte ich sie an mich, um dann in die Küche zu gehen. In ihrem Blick eine diffuse Hoffnung.

„Kann ich also bleiben, ohne ...?"

„... diese Angst zu haben. Hier geschieht nichts, was du nicht willst."

Einige Sekunden verstrichen, während ich in der Küchentür stand und sie anschaute. Lisas Blick schwankte zwischen einem Lächeln und vielen Tränen. Die Tragweite meiner Aussage war uns beiden klar, doch weder sie noch ich fanden einen passenden Satz. Sie presste die Lippen zusammen und ging die Stiege hinauf. Plötzlich drehte sie sich um:

„Darf ich das da behalten? Ich hab noch etwas gefunden, wenn ich das darunter trage, sieht es noch besser aus", rief sie herunter und deutete auf das Karo-Hemd.

Sie ging die Treppe hoch, rief kurz darauf *Schau!* und stand auf der obersten Stufe. Eine schwarze lange Unterhose hatte ich noch nie besessen. Sie musste also tief gegraben haben, um auf unbekannte Hinterlassenschaften einer nächtlichen Begleiterin zu stoßen.

„Wenn ich jetzt sage, dass das sexy aussieht. Würdest du das anzüglich finden?", fragte ich nach oben.

„Gehört die auch Gerda?"

Ich zog die Wahrheit vor:

„Nein, ich glaube nicht."

Sie zog die Augenbrauen hoch. Ich hatte das Gefühl zumindest in der B-Note Abzüge erhalten zu haben.

„Warum heiratest du eigentlich nicht wieder?"

Auch darauf wusste ich keine Antwort. Selbst der Frage dazu war ich bisher immer ausgewichen, Gerda als meine Frau, als Ehefrau sprengte bislang meine Vorstellungskraft. Wahrscheinlich auch ihre. Zumindest hatte ich noch nie das Gefühl gehabt, dass dies ein noch nicht erfüllter Wunsch von ihr gewesen sein könnte. Meine Alpträume hielten mich ohnehin in einer anderen Welt fest. Und so nett Gerda war, so sehr ich ihren fraulichen Körper mochte, sie und ihre Wärme gerne neben mir spürte, sogar ihre Begleitung in einsamen Momenten suchte, eine tiefgehende Liebe war nicht dabei. Ich war mir sicher, auch bei ihr nicht. Da war dieses komische, spontane und vollkommen irrationale Gefühl gegenüber diesem kleinen Mädchen schon verwirrender. Ich betrat die Küche und hörte Lisa durchatmen. Sie musste also nicht zu mir kommen und eine Schuld begleichen.

„Kann ich dir helfen?"
Nur Sekunden darauf. Ich drehte mich um. Das kleine Mädchen da in der Tür war kein kleines Kind und alles andere als hässlich. Ich hoffte, dass ich dies nicht nur wegen eines sentimentalen Moments dachte.

„Was hältst du davon, den Tisch jetzt genauso schön zu decken, wie du nun aussiehst?"

„Findest du das wirklich hübsch?"

„Seh ich etwa wie ein Lügner aus?"

Wie verbringt man solche Tage zu zweit, in denen man in seinem Umfeld nicht auffallen darf, schon gar nicht als Doppelpack? Wie geht man sich auf kleinstem Raum nicht auf die Nerven und achtet trotzdem aufeinander? Wie aus dem Weg? Gerade diese Enge musste Lisa zuwider sein. Dass ich ausgerechnet in einer solchen, die ich in den letzten Jahren als heimelig empfand, lebte, konnte sie am Parkplatz nicht ahnen. Mein Haus ließ somit nicht viele Möglichkeiten zu. Lesen,

Musikhören, Fernsehgucken, wenn auch nur eine handvoll Programme, und stundenlang in der Wanne sitzen, waren noch die fantasievollsten Ideen. Ich war nicht für's Kartenspielen und sie nicht für's Stricken geboren. Selbst unsere Vergangenheiten wollten wir nicht andauernd austauschen. Das Denken daran macht müde und verändert nichts. So drückt der Schuh, den man trägt oder man schmeißt ihn weg. Doch vom Fuß genommen ist er leer und sein ehemaliger Inhalt steht vor der Mülltonne, wenn man den Schuh dann hineingeworfen hat.

Für ein paar Wochen mochte es wohl funktionieren, aber dann musste ich etwas geändert haben. Lisas Zukunft konnte nicht aus Versteckspiel bestehen. Sollte sie überhaupt bei mir stattfinden? Die alte Frage. In den zwei Tagen tat ich schon so, als wenn Lisa Bestandteil meines Lebens wäre. Waren es tatsächlich erst zwei Tage? Ich rechnete nach. Nicht einmal zwei. Ich tippte mit einem Finger an meine Stirn und sagte zu mir selbst: *du bist wirklich ganz schön bescheuert. Schluss mit den Fantasien. Wochenende, Leben lang. Nein, Lisa gehört wirklich in andere Hände. Hier ist auf Dauer kein Platz für sie. Ein, zwei Tage noch, dann...* Mit einem Teller voll Wurst und Käse ging ich nach oben. Das Wohnzimmer duftete mitten im Sommer nach Weihnachten. In drei leeren Bierflaschen steckten Fichtenzweige. Irgendwo hatte Lisa Kerzen und Servietten gefunden und daraus eine Dekoration gebastelt. Seit über vierzehn Jahren wohnte ich nun in meiner Waldvilla, in diesem Hexenhäuschen, wie ich es gestern nannte und kannte mich in ihm kein bisschen aus. Ganz abgesehen davon, dass ich für solche Dinge zwei linke Hände hatte. Und Lisa mimte die seit Jahren Vertraute. Mir wurde warm ums Herz. Meine abschiebenden Gedanken waren schon wieder torpediert und der andere, längst keimende Plan schaffte sich weiteren, immer größeren Platz. Mehr als *Ach wie schön* konnte ich nicht sagen. Denn dann kamen alte Bilder hoch und mit ihnen Tränen. Meine Güte, war ich ein Weichling. Wie sollte ich da Lisa eine Stütze sein können. Ich stellte die Teller ab und strich ihr durch die Haare. Schon wieder ohne nachzudenken.

„Du kennst dich hier besser aus als ich."
Erschrocken schaute sie mich an und zog ihren Kopf weg.

„Aber ich habe nicht rumgeschnüffelt. Ehrlich! Ich schwör's!"

„Was willst du hier auch finden?", winkte ich ab.

Ist jahrelange Einsamkeit bereits Vergangenheit, wenn man nicht mehr erschrickt, wenn ein anderer plötzlich den Raum betritt? Oder Zweisamkeit dann schon normal? Ist Zweisamkeit in einem solchen Moment gar der Beginn von alltäglichem Trott? Lisa stolperte verschlafen ins Bad, als ich mich rasierte. Ohne Zögern. Ohne Scheu. Dass ich hätte nackt sein können, war mit einem Mal keine Bedrohung mehr. Vielleicht nahm sie die Situation auch gar nicht wahr. Sie flüsterte ein kaum verständliches *Guten Morgen.* Verpennt und lustlos. Weitere Emotionen waren damit ausgeschlossen. Wir kannten uns ja schon Jahre. Lebensgefährtin, Tochter, Ehefrau. Sie ging an mir vorbei und ich hörte ein Rascheln, stellte mich auf die Fußspitzen und sah im Spiegel, wie sie das Nachthemd über ihren Kopf zog. Einfach so. Eine Geste, die aber Töchter in diesem Alter in einer normalen Familie schon nicht mehr zu tun pflegten. Nicht unter den Augen ihrer Väter. Zumindest bildete ich mir dies ein. Sie stellte das Wasser an und beugte sich über die Wanne.

„Hast du gut geschlafen?", fragte ich deswegen erheitert. Gleichzeitig dachte ich an ihre Stimmungsschwankungen.

Nur ein kurzes *mh* war von ihr zu hören. Darauf ein Prusten, als sie ihr Gesicht wusch. Ich stellte den Rasierer ab und säuberte ihn ohne hinzusehen, weil ich sie weiter im Spiegel beobachtete. Immer noch füllte sie ihre Hände mit Wasser. Eventuell vorhandener Schmutz war sicher schon längst abgewaschen.

„Soll ich dir 'nen Eisbeutel holen?", hakte ich nach.

„Sehr witzig", sprudelte sie in ihre Hände.

Ich drehte mich um. Ihre Haut voller kleiner Schrammen, Flecken und roter Pusteln. Diese hatte ihre Mutter nicht zu Gesicht bekommen. Darunter waren die Wirbel wie eine dicke, gespannte Kette sichtbar. Die Rippen daneben, die schwarzen Tasten eines Klaviers. Ein eigentlich jämmerlicher Anblick. Womöglich sollte ich genau *das* sehen. Ihr formloser Po, von der Hose verhüllt, selbst in dieser Pose bestenfalls ein androgyner Rest. Stände Gerda oder sonst wer zwischen uns, wäre von Lisa kein Millimeter zu sehen. Mir stand wirklich Arbeit bevor. Heute Nacht hatte ich beschlossen, es nicht anders haben zu wollen.

„Ich muss ma", mit dem Handtuch vor ihrem Körper richtete sie sich auf und ging zur Kloschüssel.

„Wirklich!", pressierte sie.

Ich nickte, trocknete mich eilig ab und ging hinaus. In der Küche warf ich die Kaffeemaschine an und sammelte das Frühstück zusammen. Hinter mir hörte ich die Tür und ihre Schritte nach oben. Dass sie kurz darauf zurückgekommen war, hatte ich nicht mitbekommen.

„Warum hast du eigentlich so viel Zeit? Hast du keine Arbeit?", fragte sie mich unvorbereitet.

Auf Dauer würde ich ihr nichts vormachen können. Ich

seufzte. Eine einigermaßen vernünftige Antwort passte nicht in einen Satz.

„Ich habe in einem blöden Moment Mist gebaut", so lapidar wie möglich.

„Hä? Als Polizist?"

Ich zuckte mit den Schultern.

„Kann passieren, ist aber – wie du sagen würdest – vollscheiße."

„Hast du etwa jemanden umgebracht?"

In ihrer Stimme schwang ein seltsamer Unterton. Ich wendete mich zu ihr und sah, dass sie mit verschränkten Armen am Türrahmen lehnte. Eine gute Portion Zweifel oder Unverständnis war in ihrem Blick. Ich hoffte, es war kein Misstrauen.

„Ehrlich gesagt fast. In einer unübersichtlichen Situation war ich zu schnell – und vollkommen geistesabwesend. Dabei habe ich einem Unschuldigen ins Bein geschossen."

Ich spürte die gleiche Wut von damals, die über mich selber, in mir hochsteigen. Schon im Moment des Schusses entstanden. Trotzdem konnte ich die Bewegung meines Fingers nicht mehr korrigieren. Zwei Tage später hatte man mich mit sofortiger Wirkung beurlaubt. Zu meinem eigenen Schutz und für eine saubere Untersuchung. Von den erfolgten Gesprächen und Verhören dazwischen hatte ich nichts mitbekommen. Roggmann rang mit seinen Händen. *Axel du bist wirklich ein Triefauge. Ein echter Hornochse. Mein Gott, wie kann man nur so blöd sein.* Ich hatte keine Ausrede parat. Keine Erklärung. Keinen Grund. War scheiße gelaufen, würde Lisa sagen.

„Jetzt haben sie bei mir die Pausetaste gedrückt und die Obersten mit Ermittlungen begonnen. Mein Chef und die Kollegen stehen hinter mir, aber das hilft vorerst nicht. – Wird ein paar Wochen noch dauern. Dann sehen wir weiter."

„Und was ist wirklich passiert?"
Ihre Neugier war noch nicht gestillt. Während ich übertrieben Schubladen öffnete und Besteck herausholte
und doch wieder hineintat, um es in einer anderen
Kombination wieder auf die Arbeitsfläche zu legen,
überlegte ich welche Details ich preisgeben wollte.
Doch die Geschichte war mit keiner Lüge ähnlich zu
erzählen.

„Ich hatte eine Wahnvorstellung. Am falschen Ort
und zur falschen Zeit." Ich machte eine Pause. In den
letzten Tagen hatte ich mich immer wieder selber gefragt, warum ich diesen Aussetzer hatte. Und selbst dieses Wort war schon daneben.

„Nach einem schweren Raub sind Hans und ich zwei
Trotteln hinterhergelaufen, die meinten, sie seien Ro-
bert Redford und Paul Newman in Zwei Banditen. Aber
sie haben sich gewaltig überschätzt. Wir hatten sie auf
ihrer Flucht die ganze Zeit vor Augen. Eigentlich ein
leichtes Spiel. Andere Kollegen waren schon dabei,
ihnen den Weg abzuschneiden. Sie liefen also in eine
wunderschöne Sackgasse. Eigentlich hätte nichts mehr
schiefgehen können. Aber dann kam diese verdammte
Wand. Über zwei Meter hoch. Aus grauem, schmutzi-
gen Beton. Wie damals, und ich saß plötzlich in unserem Auto, mit Daniela, und fuhr an dieser beschissenen
Wand entlang. Hans sagte noch, *was bist'n plötzlich so
blass? Alles klar? Mach langsam, die sitzen in der Falle.*
Aber dann ging alles ganz schnell. Viel zu schnell. Hans
hat mir später gesagt, ich hätte Dani geschrien und im
selben Moment geschossen. Die Kugel traf einen Pas-
santen, der sich in einem Eingang verstecken wollte, in
den Oberschenkel. Gott sei Dank nur eine Fleisch-
wunde, nichts weiter. Trotzdem fahrlässige Körperver-
letzung. Eine Handbreit weiter oben und ..."

Ich hingegen kann mich nur noch daran erinnern, dass an der nächsten Ecke ein Laster rückwärts in die Straße fuhr. Genau am Ende dieser Wand, die wir gerade entlang hetzten und an einen Schuss. Dass dieser von mir kam, habe ich bis heute nicht richtig kapiert. An diese Sekunden und die darauffolgenden habe ich keine Erinnerungen mehr. Der Tag war ohnehin schon vorher eine Katastrophe. Der hatte auch wieder mit diesem Alptraum begonnen und ich wachte nach nur kurzem Schlaf auf und lag bis in die frühen Morgenstunden wach. Umgeben von einem Lärm, den es nicht gab. Am Ende hatte ich rasende Kopfschmerzen und es wäre besser gewesen, wenn ich mich krankgemeldet hätte.

„Alles, was ich gesehen habe, ist das, was ich oft Nacht für Nacht träume. Einen Laster mit Laderampe. Danielas Hand, die sich durch den Stoff meiner Hose in den Oberschenkel krallt, ihre Augen, die noch versuchen mich anzuschauen und das viele Blut, das die ganze Zeit aus ihrer Wunde sprudelte."

Ich stützte mich auf der herausgezogenen Schublade ab und hörte mich selber schnaufen, als wäre ich wieder an dieser Wand vorbeigerannt. Dann gab das blöde Ding nach, rutschte aus der Halterung heraus und krachte mit lautem Getöse zusammen mit mir zu Boden. Mein Kopf streifte dabei leicht die Kante der Arbeitsplatte. Genug, um kurz etwas benommen zu sein. Auch wie damals. Das Besteck schepperte auf den Fliesen. Es klang wie das Splittern von Glas. Ich kickte die Einzelteile mit einem Fluchen zur Seite, rieb Stirn und Schläfe und hockte mich neben das Chaos auf die Fliesen. Dass Lisa in der Tür stand, hatte ich da schon längst vergessen. Erst als sie zusammen mit dem Lärm aufschrie, schaute ich sie entgeistert an.

„Ach, du Scheiße, ach du Scheiße!", wiederholte sie. Dann fing sie an, das in der ganzen Küche verstreute

Besteck aufzuheben. Apathisch und benebelt sah ich ihr dabei zu. So neben der Wand in der Küche hockend, sah sie für einen kurzen Moment wie eine der Frauen aus, die nach dem Unfall damals helfen wollte.

„Du hast sie sehr geliebt", stellte sie fest. Ohne Zweifel in der Stimme.

Als sie die ausgebrochene Schublade neben die Spüle stellte und mit einem Finger meine Wange berührte, war sie endlich wieder zu Lisa für mich geworden.

„Danke Kleines!", sagte ich nur.

Sie nickte und ich fügte nach einer Weile mit einem gequälten Lächeln hinzu:

„Kann also sein, dass du mich in ein paar Wochen nur noch besuchen kannst. Leider aber nicht hier, sondern in einem Gefängnis."

Lisa rückte dicht an mich ran und drehte mit einer Hand meinen Kopf zu sich.

„Red kein Stuss, willst mich wohl verscheißern? Das war ja nicht Absicht von dir. Sondern so was wie'n Unfall. Was hat der Mann denn dazu gesagt?"

Ich zuckte mit den Schultern.

„Bis jetzt hat er keine Anzeige erstattet. Aber ..."

„... die finden sicher 'ne Lösung", sie klang überzeugt, knuffte mich in den Arm und gab mir ungelenk einen Kuss neben das Ohr. *Klick!* Mir wurde warm.

„Und hast du keine Freunde oder eine Familie, die dir helfen können? Dein Vater lebt doch noch?", setzte sie nach.

„Davon habe ich leider nichts."

Lisa schaute mich fragend an. Unentschlossen schaute ich hoch, überlegte kurz, was ich preisgeben wollte. Hans, als Freund, musste außen vor bleiben. Er war ja auch Kollege. Und auf Gerda war sie gestern eifersüchtig gewesen. Also nur die Familiengeschichte:

„Meine Mutter hatte einen echten Beamten geheiratet. Das ging nicht lange genug gut, sie war zu lebenslustig für ihn. Kurz nachdem ich achtzehn geworden bin, war deswegen Schluss. Ich war alt genug, auf eigenen Beinen zu stehen und sie trennte sich von ihm. Er wohnt jetzt ziemlich weit weg und sie ist schon viele Jahre tot. Nur zwei Jahre nach der Trennung gestorben. Das Haus hat sie mir quasi als Trost vererbt."
Ich zuckte mit den Schultern.

„Mehr ist da kaum zu erzählen. Da ist nichts weiter. Sie hat weder unter meinem Vater gelitten, noch während sie starb."
Wieder zuckte ich mit den Schultern.

„Manchmal denke ich an sie und manchmal gehe ich an ihr Grab."
Lisa nickte kaum sichtbar mit dem Kopf.

„Das hört sich besser an als bei mir, aber du siehst sie auch nicht wieder. Also bleibt dir auch nur das letzte Bild von ihr."

„Wohl wahr, sie hat gelächelt."

„... und meine in Blut gelegen."

Die dritte Nacht in Folge. Die schlimmste. Aus einem endlich tiefen Schlaf gerissen, wachte ich auf. Keine Sekunde später saß ich auf der Bettkante. Nach dem, was aus Lisas kleinem Zimmer zu mir herüberkam, wäre ein Abwarten, wie gestern, die falsche Reaktion gewesen. Zu sehr war ihr Weinen von Leid, Schmerzen und Krämpfen erfüllt. Unverzüglich ging ich zu ihr hinüber. Mich erwartete ein jämmerliches Bild. Ohne mich wahrzunehmen, wälzte sie sich mit weit aufgerissenen Augen im Bett herum und schluchzte mit angstverzerrtem Gesicht:

„Lass mich doch endlich in Ruhe, du Arschloch. Lass mich los ..."

Vollkommen aufgelöst boxte sie in das Polster der Couch. Ich setzte mich vorsichtig auf den Rand, hielt ihre Hände fest und nahm sie in den Arm. Eine nicht zu bändigende Faust traf dabei meinen Kopf und ein Knie rammte in meinen Rücken. Kurz blieb mir die Luft weg. Dann klemmte ich sie regelrecht an mich, um ihr Toben zu bremsen. Stumm, als hätte ich ein Baby in Armen, wog ich sie hin und her, weil ich nun wieder nicht wusste, was man in einem solchen Moment hätte sonst tun müssen, und streichelte ihr über den schweißnassen Kopf. Aus meiner Armbeuge hörte ich unterdrückte Verwünschungen und Flüche, während ihre Tränen an meinem Ellbogen heruntertropften.

„Es ist wohl besser, wenn ich einen Krankenwagen hole, Kleines", murmelte ich, meinen Kopf dicht an ihrem Ohr, „das krieg ich nicht alleine hin. Du brauchst doch Hilfe. Richtige Hilfe."
Sie wand sich in meinen Armen. Und ich hatte die alten Befürchtungen.

„Nein! – Nein! – Bitte nicht", flehte sie fast wispernd und klammerte sich an mich fest, ihre Tränen flossen ohne Unterlass, „bitte, keine Psychos! Schick mich jetzt bloß nicht fort! Halt mich fest! Einfach ganz fest! So wie jetzt! Bis morgen früh! Und schmeiß diesen Idioten da oben raus."
Mit ihrem Kopf hämmerte sie gegen meine Schulter.

„Dauernd fummelt er an mir rum. Dieses Schwein."

„Er ist doch schon tot."

„Aber da oben fickt er in meinem Hirn herum."
Lisa drückte meine Arme auseinander und setzte sich neben mich. Wischte sich mit dem Saum des Schlafanzugs über ihr Gesicht, schluchzte ein weiteres Mal auf und ließ sich zur Seite fallen. Nach ein paar weiteren Schluchzern atmete sie tief ein.

„Himmelarsch, geh wieder ins Bett, ich werd was lesen, irgendnen Scheiß, vielleicht penn ich dann ein."

„Magst du was trinken, ich bring dir was?"

„Am liebsten wäre mir ein Hammer von Schlaftablette, am besten gleich eine für paar Tage, dann geh ich dir und mir nicht auf den Wecker."

Ich kratzte mich am Kopf und meinte:

„Ich weiß nicht, ob das wirklich hilft. Aber vielleicht geht es dir tatsächlich besser, wenn du mal richtig durchschläfst. Ich habe noch eine halbe Schachtel Adumbran, die sind schon ziemlich stark. Wenn du willst, kannst du auch bei mir im andern Bett schlafen, falls du nicht alleine sein willst ..."

Lisa schielte zu mir mit schmalen Augen herauf und ich korrigierte sofort:

„War wohl 'n blöder Vorschlag."

„Ich kann's Messer ja mitnehmen", erwiderte sie mit einem gequälten Lächeln und stand auf.

Zwei Minuten später lag sie im anderen Bett und hatte sich schniefend zur Seite gedreht. Von der Decke eingewickelt wie ein Verband. Leise stieß sie noch *so eine verdammte Scheiße* hervor. Ich stellte ein Glas Wasser auf das Nachtkästchen und drückte ihr eine Tablette in die Hand. Gleich darauf hatte sie diese geschluckt. Dann versuchte sie ruhig zu sein. Ihr Atmen und Zittern zeigte aber das ganze Tohuwabohu in ihrem Kopf. Dies war mit einer Pille nicht zu vertreiben. Ich legte mich mit Abstand neben sie, schob langsam eine Hand zu ihr hinüber und hielt eine von ihr fest.

„Danke!", antwortete sie mit einem weiteren Seufzer und, „ist doch echt krass, im Jugendtreff quasseln die Weiber über Kerle, ob die was taugen oder nicht, wie geil die aussehen, wie man sie im Freibad anbaggert und wie man's dann mit denen macht oder, wenn sie einen auf schlau machen, über Politik, Afghanistan und so; ich hab immer das Maul gehalten, weil mir nix anders eingefallen ist außer Schule, mein besoffener Alter und die ganze Scheiße, von der keiner was wissen wollte."

Lisa sah zu mir herüber. Das schummrige Licht ließ ihre Augen traurig schimmern, „ich bin kaum noch hin. Diese Kaffeekränzchen haben mich genauso wahnsinnig gemacht. – Wie lang braucht die, bis sie wirkt? Vielleicht brauch ich noch 'ne Zweite?"

Trotzdem hatte sie schlecht geschlafen. Ich nicht besser, da ich mit einem Ohr ihr Schluchzen und ihre Selbstgespräche noch eine Zeit lang verfolgte. Irgendwann musste ich dann doch eingenickt sein. Denn ich wurde wach, als sie wohl schon länger neben mir aufrecht dösend am Kopfende saß, vor sich hin stierte und plötzlich husten musste.

„Sorry, wollt dich nicht wecken", sagte sie über sich selbst verärgert und schüttelte den Kopf, „aber als ich vorhin wach wurde und deshalb aufgestanden bin, konnte ich nicht im Wohnzimmer bleiben. Ich hab wieder dauernd Geräusche gehört. Darf ich noch ein bisschen hier liegen? Ist erst halb sechs."

„Ja, ja, mach nur, wo haste deine Decke."

„Aufem Sofa liegen lassen."

„Warum bist du nicht hiergeblieben?"

„Ich musste aufs Klo und war knallwach. War wohl eher 'ne Wecktablette?"

„Ich hol dir die Decke", entgegnete ich nuschelnd, noch halb im Schlaf.

„Brauchste nicht, deine ist groß genug."

Schon war sie unter meine zu mir geschlüpft. Der bislang gültige Sicherheitsabstand auf Millimeter geschrumpft. Ihre nackten Beine stupsten meine. Eines schob sie auf meinen Oberschenkel. Allein um weitere, schwer kontrollierbare Reaktionen an mir zu vermeiden, rückte ich nun zur anderen Seite. Ein paar Zentimeter verfolgte sie mich. Ich war froh, seit zwei Nächten Boxer-Shorts zu tragen. Lisa nahm keine Notiz davon und legte eine Arm um mich. Dann schloss sie die Augen und tat, als wenn sie schliefe. Doch Sekunden später fragte sie:

„Was ist eigentlich Leben?"

Ich drehte mich zu ihr, stützte mich mit einem Arm ab und betrachtete ihr Gesicht in der beginnenden Morgendämmerung. Und obwohl ihr Miene unverändert geblieben war, konnte ich ihre Erwartung erkennen. Aber ich hatte keine Mut machende Antwort in petto. Ich hatte überhaupt keine. Seit bald sechzehn Jahren suchte ich sie selber. *Man sollte jeden Augenblick des Lebens genießen*, hieß es in Sprüchen, die ein Leben begleiten. Doch kaum hatte ich damit angefangen, war ein solcher Augenblick, bei Gerda oder wo auch immer, schon wieder vorbei. Für mein Schicksal hatte ich keinen Vorlauf erhalten. Keine Ankündigung. Ich hatte in keinem Krankenhaus gesessen, in keinem Gang, den langsam jemand im weißen Kittel auf mich zukam, um mir eine schlechte Nachricht mitzuteilen, die man sofort erkennt, weil sie demjenigen ins Gesicht geschrieben steht, da das Lächeln in ihm keine Freude ausdrückt, sondern irreversibles Beileid. Selbst diese eine Sekunde der Vorbereitung, bevor die Worte einen treffen, fehlte mir. Nein, Daniela hatte neben mir gesessen und mein benommener Blick musste genügen, mit der Entscheidung von dem da oben fertig zu werden. Das war die Erklärung für all die folgenden Jahre. Ich war ohne Chance, etwas daran ändern zu können. Mit ihrem Tod hatte ich Wissen über das Leben verloren. Weil ich Daniela verloren hatte. Es war nur noch eine komplexe Ansammlung von Problemen, die ich regelmäßig zur Seite schob.

Mit einem Seufzer gab ich laut den ersten Gedanken wieder, der mir nun eingefallen war. Nicht besonders heilbringend, wenn der Kopf noch mehr oder weniger im nächtlichen Nirwana und einem Brei von Geträumten steckte.

„Leben ist vor allem Hilflosigkeit."

Das war für mich die Essenz der letzten Jahre. Mehr hatte ich mir selbst nicht zu bieten. Überall hatte man mir vorgegaukelt, wie ich zu leben hätte, damit ich glücklich würde. Aber das Einzige, was ich dabei erlebte, war die wachsende Einsamkeit unter all den angeblich Glücklichen, von denen ich nie wieder etwas hörte.

„Scheiße, ein wenig mehr hab ich schon gehofft."

Lisa schlug die Augen auf und fixierte mich mit gerunzelter Stirn.

„Vielleicht ist es auch meine Unfähigkeit, Hilfen zu erkennen. Als Daniela beerdigt wurde, hielt der Pfarrer eine lange und sehr bewegende Rede über die Vergänglichkeit des Lebens und über das, was der alte Herr da oben mit uns vorhaben könnte. Diese Worte berührten mich. Trafen mein Herz. Ich habe sie mir geben lassen. Monatelang waren sie Trost für mich, wenn ich den Text in die Hand nahm und las. Bis zu dem Tag, als ein guter Freund auch durch einen Verkehrsunfall ums Leben kam. Der gleiche Pfarrer hielt wieder eine lange und sehr bewegende Rede über die Vergänglichkeit des Lebens und über das, was der alte Herr da oben mit uns vorhaben könnte. Ich war geschockt. Zu Hause zurück zerriss ich die Blätter voller Wut in kleine Schnipsel. Er hatte kaum mehr als die Namen ausgetauscht. Wie konnten zwei verschiedene Leben sich so ähnlich sein? Ich dachte, man hätte mir eine Hilfe in die Hand gegeben und plötzlich war ich hilflos. Irgendwie glaubte ich zu spüren, dass ich es mein ganzes Leben gewesen und geblieben bin. In die Welt geflutscht ohne Gebrauchsanweisung. – Gelebt habe ich nur die neun Jahre mit Daniela, sie wusste, wie es geht und ließ mich daran teilhaben", ich bemerkte den feuchten Schimmer in Lisas Augen und unterbrach mich kurz auf der Suche nach etwas Tröstendem, „ich glaube, Leben heißt aber auch experimentieren. Die ganzen angeblich Schlauen, Politiker und Manager machen nichts anderes. Es bleibt nicht viel übrig, als dass wir beide es probieren."

In einer Zeitung hatte ich unlängst gelesen, das Leben hätte keine Tischordnung, man könne sich überall hinsetzen. So ein Schwachsinn. Hatte Daniela an diesem einen Tag eine Wahl? Welche Alternative wurde ihr zuvor angeboten? Leben ohne Tischordnung bedeutet nicht nur aus Jux Stühle hinzustellen, sondern auch das Angebot genau zu benennen, das dich erwarten könnte. Ungeladen und ohne Grund setze ich mich doch nirgendwo hin. Und Lisa war auf dem Parkplatz sicher von Niemandem eingeladen worden. Im Gegenteil. Bei ihr traf schon eher die alte Erkenntnis zu, dass es kein richtiges Leben im falschen gibt. Lisa hypnotisierte die Zimmerdecke und presste dabei die Lippen zusammen. Zufrieden und glücklich sah anders aus. Ihre einzige Hoffnung war jetzt noch eine gute Antwort auf ihre nächste Frage.

„Zusammen?"

Mein Satz mochte es vielleicht für den Moment schaffen, zufrieden konnte er dennoch nicht stimmen.

„Wen kennen wir sonst noch?"

Auch das unglücklichste Leben hat seine Sonnenstunden und kleinen Glücksblumen zwischen dem Sand und Gestein. Besonders weit war sie nicht gekommen. Lisa hatte die Worte mit einem Kugelschreiber dick unterstrichen und mit fetten Kreisen umkringelt. Ein Vers für's Poesiealbum. Weithin bekannt. Das Messer auf dem aufgeschlagenen Buch wirkte wie ein widersprüchliches Lesezeichen. Ich legte es auf die Couch und sah auf das Cover. Hermann Hesse, Der Steppenwolf. Aus den Tiefen des Bücherregals. Sicher wegen des Titels gewählt und herausgezogen. Klingt so schön aufmüpfig. Dann gelesen und auf diese tröstende Zeile gestoßen. Vorhin im Bett hatte sie von mir eine Bestätigung erwartet, die sie nicht erhalten hatte. Nur Hilflosigkeit. Ich klappte das Buch wieder auf, legte es zusammen mit dem Messer so zurück wie es zuvor gelegen hatte und schaute hoch. In dem Bücherregal gab es im Grunde genommen genug Lösungsansätze. Viele von ihnen bis zu diesem Moment von mir vergessen, die ganzen Jahre lang. Dafür nun von Staub bedeckt. Während ich von unten das Wasser plätschern hörte, überflog ich die Titel auf den Buchrücken und zupfte eine Handvoll Bücher heraus: Fried, Kierkegaard, Ende, Djian und Kundera. Im Wohnzimmer blätterte ich im Kierkegaard herum. Von ihm versprach ich mir am meisten. Ein Freund hatte mir das Bändchen mit dem Hinweis geschenkt, er hätte Zuspruch und viel Bewegendes darin gefunden.

Auch die anderen Schriftsteller waren vor Jahren meine Lieblingsautoren. Doch ausgerechnet diesen Dänen würde ich wieder als erstes zurückstellen. Zu wenig Erbauliches. Schon nach wenigen Seiten schüttelte ich den Kopf. Obwohl ich durch die letzten Jahre sogar ein Fan von ihm hätte werden müssen. Denn von *Verzweiflung* und der *Enge der Freuden* hatte ich selbst genug zu bieten. Und der Aufstieg aus Angst und Verzweiflung durch die Gnade Gottes interessierte Lisa herzlich wenig. Hilfe war also auch bei ihm nicht zu finden. Als ich den Band wieder in die Lücke schob, ging unten die Badtüre auf. Ich verließ Lisas Zimmer und steckte die restlichen Bücher bei mir in den Schrank. Bevor wir in ein gemeinsames Wochenende fahren würden, hätte ich die nötige Antwort in ihnen gefunden.

Eine halbe Minute später stand sie hinter mir in der Tür. Nur in ihrem alten Hemdchen und Höschen.

„Ich hab nicht mal eine Zahnbürste", sagte sie.

Überrascht schaute ich sie an. Stimmt. Zwar hatte ich ihr Gebiss ständig vor Augen, aber nicht an die einfachsten Dinge gedacht.

„Wird beim nächsten Einkauf sofort erledigt."

„Und ... so ... Frauengedöns ... du weißt schon ... brauch ich wahrscheinlich auch bald. – Soll ja alle vier Wochen kommen."

***

Gerda und die anderen Frauen spielen keine Rolle in meinen Träumen. Im wirklichen Leben kämpfen wir nur ab und zu gemeinsam gegen eine alle Launen fressende Langeweile an. Dann vernichten wir eine schwelende Einsamkeit für ein paar Stunden. Meistens mittwochs, weil sie dann nachmittags frei hat, oder an ein paar Wochenenden. Dann gehen wir schon mal essen, ins Kino oder trinken uns Mut an, da die heimliche Lust danach manchmal einen Beschleuniger braucht, um nicht länger sittsam zu bleiben. Am Ende besiegen wir dann, sozusagen noch im Nebenbei und ohne damit etwas preisgegeben zu haben, unsere sexuellen Defizite und Verluste.

Manche Mädels kratzen und beißen, die anderen nutzen die Einsamkeit hier draußen, um mit einem

Schrei nicht nur ihre explodierende Lust herauszustöhnen. Gerda hingegen bleibt starr liegen. Geräuschlos. Leidet an Apnoe. Egal wie tief das erlösende Gefühl gerade in sie hineingefahren war. Für einen verhinderten Vater wie mich ein dankbarer Kind-Ersatz. Ich versuche mich dann zu kümmern und sorge mich um sie. Bringe danach Kaffee oder Wein, je nachdem, wie weit der Tag fortgeschritten ist. Alles ohne einen weiteren Kuss. Ohne verdächtige Worte. Ohne eine Zärtlichkeit, die falsch ausgesprochen, nur den vorherigen Egoismus verraten würde. Ich reiche ihr höchstens ein Kleenex, statt sie in den Arm zu nehmen und ihren Schweiß mit einem weichen Tuch abzutrocknen. Ein enthemmtes Zweitesmal geschieht höchst selten, außer der Halleysche Komet kündigt sich an. Mühsame Gespräche gibt es nicht. Diese bleiben meist inhaltslos oder handeln, wenn sie länger dauern, das Schicksal der Hauptdarsteller aus soeben gelesenen Büchern ab. Das ist für das eigene Leben unverfänglich und belanglos genug. Oder hinterlässt wenigstens keine weiteren Verpflichtungen. Was gäbe es auch zu berichten? Den Alltagstrott konnte man in Zeitungen nachlesen. Und das Intime, Private hatten wir soeben hinter uns gelassen. Danach sehen wir uns manchmal wochenlang nicht. Was sie oder mich in der Zwischenzeit bedrücken könnte, ist für uns beide ebenso kein Thema und kein Wort wert. Liebe und diese zu machen sind zwei verschiedene Dinge.

In meinen Träumen lebt Daniela weiter. Genauso spürbar. Doch der Tod entreißt sie mir auch dann, mit aller Brutalität. Immer und immer wieder. Nicht revidierbar. Mit einem Quietschen, Splittern und Zerbersten. Ein Alptraum. Aus Blut, Schmerz und Schweiß, der mich an das Kopfende meines Bettes wirft. Wenn ich Glück habe, viel Glück, wache ich vorher auf. An einer schöneren Stelle im Nebel der Erinnerungen. Vielleicht wegen eines Gewitters oder wenn ein Sturm die Bäume im dichten Wald krachen lässt. Seltsamerweise endet der Traum auch dann immer mit der gleichen Situation. Unbeeinflusst von den harten Geräuschen um mich herum; Ich höre unser Lachen. Intime Anzüglichkeiten. Neugierde. Im schönsten Moment. Trotzdem können wir gleichzeitig lieben und über alles reden. Bis der Moment kommt, in dem das Gefühl nur noch für die schönsten Laute des Lebens Zeit hat. Wie zwei Löffelchen liegen wir aneinandergeschmiegt. Lauschen und fühlen. Wie jetzt.

Wir waren wieder still geworden. Ich spürte ihre Haut, unser Begehren und mein männliches Verlangen, dem sie nachzugeben schien. Doch als ich sie deshalb umarmen und an mich heranziehen wollte, gehorchte mein linker Arm nicht mehr. Er war eingeschlafen. Ich umfasste sie mit meinem anderen Arm und wollte sie nun mit ihm an mich pressen. Allein dies eine unbekannte Wendung in einem alten Traum, dessen Bilder ich alle in- und auswendig kannte. Eine neue, unbekannte Qualität, die einen seltsamen Dunst dazwischenschob und mich verblüfft langsam aufwachen ließ. So sah ich verwundert in dem durch die Läden gerasterten Licht ihren Körper. Den Hals und die nackte Schulter an meinem Gesicht. Aber der Duft ihrer Haut, die ungewohnte Silhouette und das leichte, ungewohnte Zittern wollten nicht zu Daniela passen. Ich erschrak mit einer Heftigkeit, die Lisa sofort Angst machte, denn sie schlug ihre Hände vors Gesicht. Noch hielt ich sie fest, ihren rechten Oberschenkel nahezu an unsere Brüste hochgezogen und ließ diesen im selben Moment los. Wie ein blasser Regenwurm lag sie nackt zusammengerollt dicht an meiner Brust und versuchte ein Wimmern, wieder voll keimender Angst, zu unterdrücken.

„Entschuldige", flüsterte sie schwach, sie, die ich soeben fast mit meiner Männlichkeit durchstoßen hätte, während sie sich zu mir, auf die andere Seite drehte, „war nicht meine Absicht, aber mir war kalt und da dachte ich ..."

„Ist schon gut", ich wischte mir über die Augen, in mir brannte und tobte es. Schluckend stammelte ich: „Kein Problem. – Mein Gott, fast hätte ich dich ... Nicht auszudenken ... Aber warum hast du den ...", fragte ich blöde und trotz des Schreckens immer noch schläfrig. Ich zupfte die Shorts wieder zurecht, bedeckte dadurch die Spuren, die die Illusion gerade an mir hinterlassen hatte und wich, bestürzt über mich selber, zur Seite. Sie zuckte mit den Schultern.

„Weil ich ..."

„Aber vorhin hattest du noch ..."

„Deine Haut ist so ..."

Unsere Konversation war nach dem gestrigen Nickmarathon nun bei Halbsätzen angekommen. Ihre flackernden Augen suchten in einem imaginären Buch nach einer Antwort. Kurz betrachtete ich ihren schmalen Körper. Die sonnenbesprenkelte Seite eine nahezu kurvenlose Rippenlandschaft. Der Po immer noch ohne genügend Polster, um die Anstrengungen des Lebens auszusitzen. Fünfzehn. Fast sechzehn. Ab und zu hatte ich immer noch meine Zweifel, wäre da nicht ihre doch relativ erwachsene Art und Stimme. Dabei verfügte ich über keinerlei Vergleich. Ich schüttelte den Kopf und entdeckte dabei blaue Flecken an der Seite ihres Pos und unterhalb von ihm am Oberschenkel. Sie hatten schon gelbe Ränder. Mit Fingerspitzen strich ich über sie. Trotz dieser Verwundung war ihre Haut unvermutet zart.

„Er?"

Lisa nickte kaum merklich, verfolgte mit verdrehtem Gesicht die Bewegung und umfasste zögernd meine tastende Hand. Leicht. Gleich einem Nest aus Laub. Nah am Eingang ihrer geschundenen Seele. Dann vergrub sie die Finger zwischen meine. Wieder fragte ich:

„Tut's weh?"

„Jetzt nicht mehr. Nur manchmal da oben drin. Heute zum Beispiel."

Sie ließ ihren Kopf ins Kissen fallen. Meine Hand mit ihrer auf dem Po.

„Bitte lass mich bei dir bleiben. Bitte! – Bitte, ja?!"

Sie drehte sich ganz zu mir und schob sich dabei auf mich. Ich schaffte es gerade noch unter die Decke zu kriechen, um eine gefährliche, allzu direkte körperliche Nähe weiter unten zu verhindern. Die Hand zwischen uns eingeklemmt. Mit ihr spürte ich das ungeduldige Pochen ihres Herzens, das aber sicher andere Antworten von mir verlangte, als jene, die mir gerade durch den Kopf gingen: *Schluss mit den Fantasien. Nein, Lisa! Nein! Es geht nicht! Du gehörst wirklich in andere Hände. Hier ist auf Dauer kein Platz für dich. Schau doch nur, was gerade hätte passieren können.*

„Bitte, ja? Ich tu alles für dich, Hauptsache ich muss nicht zurück. Versprichst du's mir?"

Und ich spürte ihre nackte Haut. Durch meinen Kopf jagten alte Bilder und Visionen. Der Traum, den ich gerade verlassen musste. Ein wahres Durcheinander, Chaos, reinste Gedankenanarchie. Bilder meines Kindes, das nun doch lebte. Die Erinnerungen an Daniela. Nächte, die sich trotz Gerda und der anderen seither nicht wiederholt haben, auch wenn Gerda in all den Monaten seitdem glaubte, es mit ihrem Einsatz zu schaffen. Ganz egal auch, wie die Wesen neben mir sonst noch geheißen hatten, egal wie hübsch sie waren, egal wie wir uns dabei vergessen hatten, weil einfach das nötige Gefühl danach, für einen weiteren Tag zusammen, dafür fehlte. Aber jetzt fühlte ich nicht nur meine Männlichkeit, zwar geschützt von meiner Hose, aber gefährlich in Lisas Nähe wachsen, sondern auch die Kraft dieser Gedanken, die nackte Haut. Ich hörte ihr *Bitte! Bitte!* in einem ungezügelten Staccato auf mich niederprasseln, wie das Hämmern ihres Herzens. Gleichzeitig kamen mir die Tränen. *Vergiss nicht! Sie könnte deine Tochter sein. – Und du wolltest, dass sie deine Tochter ist.* Nach oben blickend sah ich ihr Gesicht, genauso tränennass. Flehend. Verzweifelt.

„Bitte!"

Ich zog die Hand zwischen uns weg. Nun Bauch auf Bauch.

„Bitte!"

Legte sie ganz langsam auf ihren Rücken.

„Bitte!"

Die ersten Tränen tropften auf mein Gesicht. Ich verschob meine Hand, spürte eine kühle Stelle und wurde weich. Nahm Lisa mit unter meine Decke. In meinem verschlafenen Arm war das Gefühl zurückgekehrt. Die Fingerspitzen kribbelten. So fühlte ich eine Ängstlichkeit und auch ihre Wärme, die stärker als meine Skrupel zu werden drohte. Sie rutschte noch mehr auf meinen Körper. Ein Bein zwischen meinen. Ihr Schenkel auf meinem verborgenen Geschlecht. Während sie ihr Gesicht auf mich sinken ließ, umarmte ich sie und presste ihren schmalen Leib auf mich. Brust an Brust. Haut auf Haut. Wärme in Überfülle. Beides reichte. Verführung pur. Ohne Abstand. Ohne Sicherheit.

„Mein Gott, Kleines, wie soll ich das denn hinkriegen?"

Als verlogene Ablenkung dahergesagt, weil ich den eigenen Kontrollverlust spürte. Ihr nackter Körper zitterte nach wie vor. Ich glaubte, sogar noch stärker, und begann, sie zu streicheln. Zog die Decke über ihre Schultern. Im Versuch sie zu wärmen. Diese kalten Stellen auszumerzen. Fuhr unter dem Stoff mit meinen Händen auf ihrem Körper entlang. Unruhig und immer schneller. Meine Gedanken und Empfindungen glitten aus. Ließen sich fallen. Streichelten ihren Körper wie ein Verrückter, ein Irrer, ein Pubertierender, dessen neuen und schwellenden Gehirnzellen fernab von Vernunft und Verantwortung wuchsen und dabei ein verbotenes Terrain erkundeten. Streichelten gleichzeitig ein Baby, ein Kind, eine Frau. Streichelten vor allem die Illusion aus der Dämmerung meines Traumes, die die Wirklichkeit kontaminierte. Wärme zu schenken war nun der vergessene Teil meines Handelns. Lisa überschüttete derweil mein Gesicht mit Küssen. Nass, linkisch und doch gekonnt. Ihre Zunge stieß unanständig in jede Kuhle meines Gesichtes. *Bitte!*, leckte meine Wangen, *Bitte!*, bettelte sie – *Deine Tochter!*, mein Hirn. Ihre Zähne knabberten an meinen Ohren und Lippen und ich drehte durch. Entfernte mich von den kühlen Stellen an ihrer Schulter, rubbelte über ihren Rücken, knetete ihren kleinen Po, walkte die Arme, fuhr an ihren knochigen Seiten entlang und zerzauste ihr Haar. Ich hatte Schwierigkeiten, mich zu beherrschen, denn der Stoff meiner Hose an ihren Schenkeln war längst wieder gefährlich verrutscht.

Plötzlich richtete sie sich auf. Hockte auf meinem unvollständig bedeckten Schoß und starrte mich an. Wischte sich mit den Armen über das nasse Gesicht, schniefte und quengelte wieder:

„Ja?"

Ihre kleinen, erdnussgroßen Warzen piksten auf den daumendicken Brüsten in die Luft und lächelten mich an. Ihr Körper wirkte nun fast zerbrechlich. Aber unverschämt rutschte sie mit ihrem Hintern da unten hin und her. Auf dem, was mein überfordertes Hirn hinterlassen hatte. Doch ihre Miene verriet nichts anderes als einen mechanischen Vorgang. Ich schielte auf ihren Schoß, der nur unzulänglich von einem Bausch schwarzen Flaums verhüllt war. Eine dunkle Wattewolke. Und doch genug war, um eine Frau aus ihr zu machen. Eine, die gerade einen Mann verführte, weil sie als Mädchen gedemütigt wurde. Zwischen ihr und meinem Bauch drohte ein zusätzlich entblößtes Debakel, dem ich fast nachgab.

Endlich reagierte mein Kopf erwachsen. *Vergiss nicht! Sie könnte deine Tochter sein.* Ich ließ meine Hände in der anders geplanten Bewegung anhalten und sinken. Lieber keiner unausgesprochenen, wahrscheinlich sogar ungewollten Verführung nachgeben. Der Versuch sie dann noch mit den Schenkeln weg zu drücken scheiterte, denn:

„Vorhin hast' auch schon 'n Steifen gehabt", stellte sie nahezu tonlos mit einem unbestimmten Lächeln fest. Mit der einen Hand gefährlich dort unten, Millimeter vom Vollzug entfernt, auf meinem Unterleib abgestützt, fügte sie mit der anderen auf ihrem Rücken hinzu: „... da! Da hinten. An meinem Rücken. Wolltest du mich etwa doch bumsen?"

„Quatsch!"

Ich spürte wie ich rot wurde. Schob ihre Hand auf meiner Haut ein wenig zur Seite und schaute in Richtung des Fensters.

„Also? Darf ich bei dir bleiben? – Ich bring mich um, wenn du mich fortjagst oder in ein Heim bringen willst."

„Lisa!", meine Stimme erhielt, ohne dass ich es eigentlich wollte, einen strengen Ton. Für das, was gerade passierte, vollkommen unpassend. Lisa zuckte zusammen und rollte von mir herunter. Auf dem Rücken liegend sah sie zuerst mich an und dann auch aus dem Fenster. Die Sonnenstrahlen hatten ihr doch etwas ganz anderes versprochen. Ich sah ihre unfertig grazil erscheinende Nacktheit und betrachtete sie. Eine unanständige Sekunde lang. Rutschte dann unter der Decke hervor und legte sie ganz über Lisas Körper. Stand danach auf, korrigierte dabei den Sitz der Shorts, umständlich und genierlich, und verärgert über die pubertäre Reaktion meines Körpers. Ging am Fußende des Betts vorbei zum Fenster, öffnete es zusammen mit den Läden. Kühle Luft zusammen mit dem Duft der Föhren und Tannen und der morgendlich feuchten Erde strömte herein. Auch heute war das Wetter auf meiner Seite. Einwände erhielten so einen akzeptableren Ton. Und die Sonne würde noch eine Stunde das Zimmer wärmen, bevor sie über den Giebel auf die andere Seite verschwand. Ich blieb an der Seite stehen, die schon im Schatten lag, den Rücken Lisa zugewandt. So blieb mein noch angeschwollenes Glied unter dem Stoff genügend unsichtbar für sie. Gegen den Fensterrahmen gelehnt, schaute ich in das Schattenmuster der Bäume. Zu den stummen Gestalten und in deren Gesichter. Kein Wind ließ eine Antwort in ihnen erkennen, doch mein Kopf wurde auch ohne ihre Hilfe klarer.

„Lisa", begann ich von neuem und hörte mich selber voller Pathos reden, „ich kenne dich jetzt seit einer Woche. Eigentlich sollte ich *erst* seit einer Woche sagen. Es ist total verrückt, vollkommen verrückt. Ja, sogar absurd und völlig unvernünftig, eher gar gefährlich, weil ich dir keine echte Hilfe sein kann. Nicht die, die du genau genommen bräuchtest. Denn du hast ein Leid erfahren, welches ich nicht einmal ansatzweise ungeschehen machen kann. Und du hast etwas gesehen, von dem ich ahne, wie es dich verfolgen und quälen kann. Tag für Tag. Nacht für Nacht. Gleichwohl kenn ich nicht einmal die Details, die genauso für Alpträume reichen. All das braucht nicht nur Betreuung und Zuwendung, sondern Heilung. Und von dieser habe ich keine Ahnung, wie sie geht. Aber in dieser kurzen Zeit bist du mir wichtiger geworden als alle anderen Menschen in den letzten fünfzehn Jahren", ich schaute wie zufällig an mir herunter. Die Beule unter dem Stoff war verschwunden. Ich ging zu ihr hinüber und setzte mich neben sie aufs Bett. Kurz musterte sie die Hose. Ihr Blick wirkte erleichtert. Mit einer Hand streichelte ich ihr Gesicht. Wie am ersten Abend ergriff sie diese und führte sie mechanisch wirkend unter die Decke auf ihren Bauch, an den Rand einer Brust. Unter Umständen eine zwanghaft unterstützte Geste, die ihr Vater ohne diese Einladung gemacht hatte. Bewegungslos ließ ich sie dort liegen, allein schon deshalb, um mich durch nichts verführen zu lassen.

„Man sucht dich. Und egal, was sie denken, egal wie du dich entscheidest, sie werden über dich verfügen, dir sagen, was du zu tun hast. Auf ein Internat jagen, in ein Heim oder eine Familie stecken, ich weiß es nicht. Ganz abgesehen davon, was mit mir noch geschehen wird. Unser Leben findet auch da draußen statt. Ich kann dich nicht die ganze Zeit verstecken oder verleugnen. Egal wie gern ich dich hab."

„Aber wenn ich sechzehn bin und du einverstanden bist, kann ich entscheiden, wo ich leben will. Bitte lass mich bei dir bleiben", mehr als ein leises Winseln wurde ihr Einwand nicht.

„Wie stellst du dir das alles vor?"
Ihr Lächeln, das eines kleinen Mädchens in einem übervollen Spielwarenladen.

„Du könntest mich doch adoptieren."

Mein Lächeln war eher ein verzogener Mund. *Adoptieren, du hast vielleicht Vorstellungen.* Ich blies die Wangen auf, streichelte nun doch ihren Bauch, diese verflucht zarte Haut und ließ ihn los, als das Gefühl ihrer warmen Haut mich nochmals zu erobern versuchte.

„Komm, ich mach uns jetzt ein Frühstück, danach machen wir eine Bestandsaufnahme für all das, was du brauchst."

Sie hatte eine andere Antwort erhofft, schlüpfte mit beleidigter Miene unter meiner Hand hervor und war nackt, wie sie war, schon fast zum Zimmer hinausgelaufen, als ich meinte:

„Wir kriegen das alles hin. Ganz bestimmt, dafür hab ich dich zu gern."

Natürlich hatte sie das verstanden. Sie drehte sich um und antwortete:

„Danke – Axel."

Einen Schritt später:

„Jetzt hätt' ich fast Papa statt Axel gesagt", damit tänzelte sie die Treppe hinunter und sah nicht die Rührung in meinem Gesicht.

Einige Minuten später saß sie wieder nur mit dem alten, schwarzen Hemdchen und dem einzigen, intakten Slip mir im Schneidersitz auf dem Boden gegenüber und stopfte sich mit einer unglaublichen Geschwindigkeit viel zu große Brocken Brot, Käse und Obst in den Mund.

„Langsam! Nicht, dass du wieder alles rausspuckst, sonst wird das nichts mit unserer Spezialdiät", meinte ich lächelnd.

„Morgen wieg ich 'n Pfund mehr", kam es kauend von ihr zurück, „versprochen!"

Am Nachmittag hatte ich beschlossen, an die freie Wand in der Küche einen kleinen Klapptisch zu montieren, damit wir zwei in Zukunft normal essen konnten. Ich erzählte ihr von meinem Plan, während sie in der Tür stand und beiläufig nickte. Ihre Augen suchten derweil die Fliesen ab und zeigten mir, dass sie genau genommen nicht zuhörte. Übergangslos fing sie zu reden an:

„Meine Mutter hat er am Abend vorher verprügelt, vielleicht, weil Lissi ihr etwas verraten hatte, was er immer mit mir anstellte und sie ihn zur Rede stellen wollte, vielleicht hatte sie es auch schon längst geahnt, vielleicht war er auch nur schon wieder besoffen und hat sie bedroht, als sie versuchte, ihm zu erklären, was ich nun nach der Schule vorhatte. Zuvor meinte sie nämlich noch, keine Sorge, ich werde es ihm schon beibringen. Dabei wollte ich nur einen schönen Beruf lernen. In der Schule hatten sie an einem Projekttag ein paar vorgestellt, ich fand Kindergärtnerin toll, die spielen mit den Kleinen, lesen vor, lachen mit ihnen und bringen ihnen schöne Sachen bei, so was wollte ich auch machen, aber dazu hätte ich wegmüssen. Hier in der Gegend gibt's keine Schule dafür. Aber das war ja auch mein Plan. Eine Tante, Muttis Schwester, wohnt in Nürnberg, bei der hätte ich vielleicht wohnen können. Aber ich wollte sie erst fragen, wenn Mutti Ja gesagt hätte. Ist wohl vorbei. Den Rest kennst du ja."

„Vielleicht kriegen wir das ja auch noch hin", entgegnete ich. Es war ohne weitere Überlegung dahingesagt.

„Im Moment will ich nirgendwo hin und nicht weg", meinte sie, „was soll ich den Kindern sagen, dass es Papis gibt, die euch an die Wäsche gehen? Passt auf, wenn er euch in den Arm nimmt? Verdammt, ich müsste immer daran denken. Und wenn so'n Typ sein Kind abholen will, würde ich schon Gespenster sehen."

„Lass dir helfen. Es muss ja nicht hier sein. Anonym.

Wir könnten ja nach München oder sonst wohin. Zusammen."

„Du willst mich loshaben."

„Zusammen hab ich gesagt."

„Aber du hilfst mir doch schon die ganze Zeit."

„Ich möchte, dass du ein gutes Leben bekommst. – Egal wo."

„Dann bleib ich vorerst hier!"

Es klang nicht einmal trotzig, eher wissend.

Der neunte Tag. In der Nacht war ein Gewitter durch das Tal gezogen. Mit all seinem Lärm und Getöse. Knarzen, Krachen und Knacken. Dann ist der Wald um das Hexenhäuschen herum nicht nur eine dunkelgrüne Masse oder eine normalerweise schwach schwingende Parade aus Ästen und Stämmen, sondern auch ein gutes Stück unheimlich. Schatten tanzen im nächtlichen Licht durch das Gehölz oder huschen gar, dank der Einbildung, über die Wege. Während unsichtbare Gestalten hinter den Stämmen, wie in schlechten und düsteren Märchen, rufen und locken. Vor allem, wenn Bäume in der oft dünnen Krume nicht genügend Halt an den Hängen finden und ächzend umknicken. Manchmal glaube sogar ich, bei solchen Unwettern Stimmen zu hören und ertappe mich dann dabei, mit Daniela oder meiner Mutter zu sprechen. Zur eigenen Beruhigung.

„Bei uns auf dem Hof hat's ja manchmal schon gut gepfiffen, aber bei dir ist es ja richtig gruselig."

Lisa stand plötzlich hinter mir. Zitternd, blass und mit kleinen Augen. Die Arme eng verschränkt vor ihrem Körper und eingehüllt in meinen für sie riesigen Bademantel. Geschlafen hatte sie also wieder nicht. Sie schien aus einer Eiskammer zu kommen. Ihre Lippen waren blau wie nach einem zu langen Tag in einem kühlen See. Tatsächlich waren die Temperaturen zum

Vortag fast nur noch halb so hoch. Ich durfte das Öfchen anwerfen.

„Solange es nur da draußen so ist", erwiderte ich lächelnd, „heute Mittag soll's schon wieder vorbei sein, leg dich doch einfach nochmal hin und versuch noch 'ne Runde zu schlafen. – Das sind blöde Nächte, kenn ich zur Genüge. Ich rede dann auch oft mit mir selber." Die Kaffeemaschine gurgelte das letzte Wasser durch und spuckte es fauchend in den Filter. Ich nahm eine große Tasse aus dem Schrank, füllte sie und reichte sie Lisa. Gierig griff sie mit beiden Händen nach ihr.

„Achtung, Kleines, heiß!", warnte ich.
Mit ihren Händen umhüllte sie die Tasse, stellte sie auf die Arbeitsplatte zurück, um sie gleich darauf wieder in die Hand zu nehmen.

„Tut gut", meinte sie knapp.
Eine Sekunde später drehte sie sich um und ging mit dem vollen Pott nach oben. Auf der Treppe rief sie:

„Ich klau mir ein Paar Socken von dir und leg mich in dein Bett. Da ist es gemütlicher und vielleicht noch ein bisschen warm."
Mein Schulterzucken sah sie nicht. Langsam gewöhnten wir uns wohl aneinander. Sechzehn Jahre hatte ich, vor allem nach dem Dienst, so gut wie keinen Menschen neben mir ausgehalten, außer es handelte sich um die wenigen Minuten, in denen ich fahrig eine zweifelhafte Befriedigung suchte, und nun war mir ein kleines Mädchen vor die Füße gelaufen, das zum Ausruhen schon mein Bett belagerte. Bis heute habe ich nicht herausgefunden, was mit mir in dieser Zeit passierte. Ungestillte Vaterinstinkte? Oder viel schlimmer, gar das Gegenteil: eine pädophile Veranlagung? Oder hatte die Beurlaubung den Mann in mir nicht nur verunsichert, sondern so einsam gemacht, dass ich Lisa als Partner missbrauchte? Oder gar, weil ich Glück, Zufriedenheit

und Liebe bislang nur in meinen Erinnerungen erfuhr, gerade diese Gefühle? Ich hätte stundenlang alles Mögliche aufzählen können. An allem wäre wahrscheinlich etwas wahr gewesen. Denn in Sachen Lebensgestaltung war ich in den letzten Jahren eine Niete. Die richtigen Aufgaben, aus ihm etwas zu machen, fehlten. Kein Wunder. Beruflich litten wir ja nicht einmal daran, böse oder komplizierte Fälle auflösen zu müssen. Der Alltag in unserer Gegend versprach eine nahezu hundertprozentige Aufklärung. Jahr für Jahr. Und besonders karrieresüchtig war ich nie gewesen. Nur damit ich ein paar Sternchen auf meine Schulter bekam und weiß Gott wie genannt werden konnte, musste ich nicht auch noch der Mafia oder einer Unzahl Mördern hinterherrennen.

Dass ich noch nicht verlottert war, lag vielleicht an den Sonderschichten, die ich ohne zu murren machte und die mich von noch mehr Grübeleien abhielten. Wie die Abendgestaltung, wenn ich alleine zu Hause herumsaß und statt fernzusehen, Zeitungen, Zeitschriften oder ein Buch las. Auch daran, dass ich vom ersten Tag an auch für mich alleine kochte. Oder auch an den Nächten mit Gerda. Diese sorgten dann doch dafür, dass die folgenden wenigstens mit erträglicheren und schöneren Träumen versehen waren. Bis vor wenigen Wochen war für die entsprechende Oberflächlichkeit gesorgt und hatte all das funktioniert. Selbst in den Wintern.

Denn konnte Antonio, unser Quotenitaliener, den Schnee nur bis zum Wasserwerk und nicht zu meinem Hexenhäuschen räumen, durfte ich über Nacht bei Gerda bleiben. Allerdings nicht bei ihr im Bett. Nach einer Ausnahme vor Jahren in dieser Hinsicht meinte sie zwar befriedigt verschwitzt, aber emotionslos:

„So eine Nacht kann ich nicht noch mal brauchen", nachdem wir immer wieder übereinander hergefallen waren und sie am nächsten Morgen zwar zufrieden, aber dafür vollkommen übernächtigt war.

Ich hingegen dachte: *Noch so eine Nacht und ich könnte Erinnerungen neutralisieren. Vielleicht mich sogar an ein Leben mit ihr gewöhnen.* Aber es blieb bei der Ausnahme und andere Erinnerungen kehrten minutengleich zurück. Mit denen will ich dann alleine sein. So versuche ich seitdem nach Möglichkeit nach Hause zu kommen und fahr den halben Winter mit Schneeketten. Schlimmstenfalls lass ich den Wagen am Anfang des Weges stehen und laufe mit meinen rutschigen Gummistiefeln die restliche Strecke. Für die zurückliegenden Oberflächlichkeiten vollkommen ausreichend, um in die Wirklichkeit zurückzukehren.

Mit meiner Tasse in der Hand drehte ich mich um und sah zum Fenster hinaus. Der Regen hatte nachgelassen. Die Schlieren auf den Scheiben sahen nun aus, als wären die Tropfen auf ihnen entlang gehüpft. Über den Wipfeln und den Bergen eine rasende Wolkenmasse. Mit den abgerissenen Ästen und wankenden Bäume waren sie die letzten Zeugen des nächtlichen Unwetters. Ich kippte das Fenster und ließ die frische Luft herein. Wie erwartet, war sie kühl und weckte mich daher auf. Es wurde Zeit, den ersten Teil meines Plans umzusetzen. Raus aus dem Bau. Heute Nachmittag würde ich mit Lisa endlich neue Klamotten einkaufen gehen. Wenn sie diese Tour mitmachte, würden vielleicht auch andere gelingen.

Wenige Stunden später saßen wir im Auto und fuhren nach weiteren zwei durch den Tunnel über die Grenze. Drüben, sozusagen, hatte ich irgendwann bei einer Rückreise von einem kurzen Urlaub in Italien eine Einkaufsmeile mit vielerlei Supermärkten entdeckt, in der ich damals meine heimischen Vorräte ergänzte und deren Shops wir nun gut gebrauchen konnten. Außerdem lief ich kaum Gefahr, irgendeinen Bekannten zu treffen. Das Bekleidungsgeschäft, auch eher einem Supermarkt ähnlich, entsprach nicht unbedingt den schicken und modernen Shopping-Gepflogenheiten einer Stadt, aber war jetzt, so hoffte ich, die richtige Wahl. Lisa im Schlepptau wendete ich mich nach kurzer Orientierung zur Abteilung mit der Frauenbekleidung, als sie einen anderen Gang entlanglief.

„Für mich reichen noch Kindergrößen. Die Sachen sind genauso gut."

Mit offenem Mund blieb sie vor den vollen Ständern stehen und zupfte an den vielen Kleidern, Hosen und Hemden herum. Nach nicht mal zwei Minuten drehte sie sich zu mir um und zog mich am Arm.

„Komm lass uns gehen. Das ist viel zu viel. Da kann ich mich in hundert Jahren nicht entscheiden. Keine Ahnung, welches Teil ich nehmen soll."

Ich schob sie wieder in den Gang zurück und zeigte mit einem Finger auf die angeblich zu große Auswahl.

„Dann nimm halt zwei oder drei und nimm noch etwas Passendes dazu. Deine alte Jeans ist doch fertig. Und Unterwäsche brauchst du auch."

Ungläubig schaute sie mich an und schwang eine Hand vor ihrem Gesicht hin und her.

„Bescheuert, wie?"

„Kann schon sein."

Zögernd nahm sie die ersten Stücke aus den Regalen und von den Ständern. Bemüht darin, etwas zu finden, das sie wahrscheinlich noch mit neunzig hätte anziehen können. *Zwei, drei Stück*, murmelte sie wiederholend vor sich hin. Erst nachdem ich einige Male den Kopf geschüttelt und ich ihr ein paar Teile, die mir gefielen, hingehalten hatte, traute sie sich auch buntere und kessere Dinge auszusuchen.

Bisweilen war ich mit Daniela in diverse Boutiquen gegangen, nicht einmal ungern, bewaffnet mit einem Buch und auf der Suche nach einer Sitzgelegenheit, machte ich es mir vor den Umkleidekabinen gemütlich. Im Wissen, dass es dauern könnte. Tendenziell hatte ich ihr deshalb in unseren gemeinsamen Jahren häufiger beim Anziehen zugeschaut als beim Ausziehen. Somit war ich trainiert, aber seit Jahren ungeübt. Erst Gerda kehrte aus bekannten Gründen dieses Verhältnis im Lauf der letzten Jahre um. Sie musste nicht neu eingekleidet werden.

Nun saß ich also wieder auf einem kunstledernen Würfel, beschallt von einem Durcheinander aktueller Popmusik, kichernden Mädchen und ohne Buch, und wartete darauf, dass sich der Vorhang vor mir im Rhythmus der zu Ende gehenden Lieder öffnete und mit dem Anfang des nächsten Liedes wieder schloss. Wie in einem Theater tänzelte Lisa genau in diesen Momenten mit flapsigen Schritten vor und prüfte meinen Blick. Das gewöhnliche Zeug, zwei, drei Jeans und die Shirts dazu, hatten wir auf diese Weise bald abgehakt und ich fand Gefallen daran, wie sie sich nun in geringelten Minikleidern, fetzigen kurzen Hosen und frechen, übergroßen Pullovern mit nur einer dünnen Strumpfhose darunter, lachend und kecker werdend bewegte und sich mit ihrer stetig wedelnden Hand mehr und mehr darin wohl fühlte. Nach gefühlten zehn Stunden warf ich ihr noch einige Bikinis zu, die ich aus einem der Wühltische herausgezupft hatte und die Bestandteil eines weiteren, noch nicht näher ausgearbeiteten Plans werden sollten. Doch der Vorhang blieb nun zu. Ich wartete eine weitere halbe Minute, schob vorsichtig die Stoffbahn zur Seite und schaute in die Kabine. Lisa saß nur mit einem knappen, knallroten Stoff bekleidet auf einem Hocker und betrachtete ihr Abbild im Spiegel gegenüber. Eher der Abklatsch eines anzüglichen Fotos, eine Dirne erwartete am Fenster hockend lustlos ihre Freier.

„Ich kenn nur Badeanzüge", sagte sie nüchtern, „und gewöhnliche Unterwäsche. Wenn ich andere Mädels in so was gesehen habe, ist mir nie aufgefallen, wie nackt man darin aussieht."

Langsam blickte sie zu mir hoch und ich studierte geradezu ihren immer noch schmalen Körper in dem scheinbar auf ihrer Haut brennenden Ding. Etwas mehr Speck auf den Rippen und es hätte verrucht ausgesehen.

„Der hat absolut die falsche Farbe. Zieh den mal an!", ich hielt ihr einen etwas weniger knapp geschnittenen mit einem leuchtend knallgelben Rand hin und verharrte neugierig. Mit aufeinander gepressten Lippen öffnete sie das Oberteil und schob es Stück für Stück an ihrem Bauch herunter, bis ihre kleinen Brüste unverhüllt waren. Blick und Bewegung, Hartbauers Wunschkonzert. Dies hatte ich nicht nötig. Ich zog meinen Kopf zurück, setzte mich auf meinen Würfel und übte mich in Geduld. Nach einiger Zeit glitt der Vorhang bis zur Hälfte zur Seite und sie stand in der Ecke der Kabine. Nur für mich sichtbar. Das Gelb lenkte wie erhofft vom Körper ab und sorgte sofort für gute Laune.

„Tausendmal besser!", sagte ich voll überzeugt, „das ist Lisa und nicht Äh-lisa-bett! Sieht richtig gut und lustig aus."

Ich reckte den Daumen nach oben und Lisa entspannte sich.

„*Puh*, für eine Sekunde habe ich gedacht, du magst doch diesen Puff-Look."

„Dooftante!"

Wir sammelten noch diverse Fünferpacks lustig gemusterter Schlüpfer und Slips zusammen und legten Hemdchen und Socken dazu. Am Ende schoben wir einen vollgepackten Einkaufswagen an die Kasse. Wie eine Schallplatte mit Sprung kommentierte sie den Inhalt immer wieder mit demselben Satz. *Und das willst du jetzt alles für mich kaufen? Du bist so was von bescheuert! Ehrlich, total bescheuert.* Ich winkte ab:

„Aus deinem Schrank zuhause kannst du die nächste Zeit nichts holen, wenn überhaupt."

Als ich ungerührt über 300 Euro bar hinblätterte, meinte die Kassiererin:

„Da wird sich aber deine Mutti freuen, wenn Papa so spendabel ist."

Wir schauten uns an, jeder mit einem anderen Gedanken im Kopf und erwiderten zeitgleich:

„Das ist leider nicht mehr möglich."

So oder so.

Im Wagen saß sie still neben mir, die beiden Füße auf dem Polster und ihren Kopf zwischen die beiden Knie geklemmt. Im Hofer hatten wir noch zuvor Massen von haltbaren Lebensmitteln eingekauft: verschiedene Sorten Käse, H-Milch, Aufbackbrötchen und Dosen, Dosen, Dosen und abermals Dosen, damit Irma nicht doch noch anfing, zu neugierige Fragen zu stellen. Plötzlich fragte sie:

„Warum hast du so viel für mich ausgegeben?"

„Damit du schlicht und ergreifend hübsch bleibst, während du bei mir wohnst", erwiderte ich, „und keinen *Puff-Look* mehr anhaben musst."

„Außer Lissi hat mir mein Vater nie etwas bezahlt."

„Aber zwei Jahre und mehr deines Lebens geklaut und die nächsten vielen verschmutzt, befleckt oder wie auch immer du das nennen willst. Ist zwar seltsam, aber vielleicht will der da oben, dass ich durch dich wieder etwas gut mache. – Immerhin, seit zwei Tagen wach ich nicht mit einer Zahl im Kopf auf."

„5881."

Lisa drehte ihren Kopf und schielte mich über ein Knie an, „das heute ist eine verdammt gute Gelegenheit, ich werd die Zahl für dich vergessen und fange wieder von vorne an. Heute ist also Tag 1 für uns beide. – Zusammen."

Die Behandlung meines Falls zögerte sich hinaus, wofür ich jetzt, logischerweise, dankbar war, es aber nicht zeigen durfte. An jeder Ecke und Kante, die sich im Verlauf der Untersuchungen zu ergeben schien, witterte man einen Vorsatz von mir.

„Wir möchten nochmal auf die Situation an der Betonmauer zurückkommen", der Anwalt lächelte mich milde an, „diese Mauer war also nicht dieselbe wie beim Unfall?"

Ich schüttelte den Kopf.

„Wie können Sie sich erklären, davon so beeinflusst worden zu sein?"

Ich versuchte darzustellen, dass es mir nicht besonders gut ging an diesem Tag. *Warum haben Sie sich nicht krankgemeldet?* Weil ich diese Art des Unwohlseins schon seit Jahren kenne. *Warum fühlten Sie sich nicht gut?* Ein leider immer wieder auftauchender Traum hat mir die Nacht geraubt. *Was ist das für ein Traum? – Wer? – Wie? – Was?* Schulbuchmäßige W-Fragen. Eine nach der anderen. Einmal so rum, dann wieder andersrum. *Wie würden Sie den Zustand benennen? Überarbeitung? Stress? Urlaubsreif?* Eine dämliche Logik. Ich schieße also Unbeteiligten ins Knie, um Ferien machen zu können. Ich war zu sprachlos, um dies kommentieren zu können. Roggmann und die anderen übernahmen nun meine Verteidigung. Erst als man meinte, eine Versetzung in andere Verantwortungsbereiche und eine andere Stadt könnte gleich in vielerlei Hinsicht eine Lösung sein, widersprach ich wie ein kleines Kind. Meine Argumente Haus, Umfeld und Irma – tatsächlich Irma, von Gerda traute ich mich nicht zu sprechen, welch ein Verrat (*Aber für's Bumsen hast du 'ne Tussi*) – waren schwach formuliert. Man schaute sich an, vielsagend oder nicht und vertagte sich auf die nächste Woche. Das Arbeitspensum der Untersuchenden erlaubte keine anderen Geschwindigkeiten. Roggmann erklärte:

„Sie wollen dich ein bisschen kochen. Soll auch eine Warnung für andere sein. Steckt ja auch jede Menge Verantwortung dahinter."

Mein Chef schaute mich forschend an und nickte Hans zu.

„Am besten geht ihr zwei jetzt 'n Bier trinken."

„Bei dir da draußen geht es ja richtig ab?"

Hans beugte sich kumpelhaft über den Biertisch.

„Hä? Wie kommst du denn da drauf?"

Er lehnte sich noch weiter zu mir herüber.

„Man hat neulich so Frauengeschrei gehört", raunte er mir wie in schlechten Filmen zu. Geistesgegenwärtig antwortete ich und lächelte währenddessen:

„Ach, du meinst Tina. Die hatte ich seit mindestens einem halben Jahr nicht mehr gesehen. Na ja, war letztens ein bisschen laut, wie mir scheint. Andererseits kannst du mir mal sagen, wer mir da nachspioniert."

„Im Wald da sind die Räu-häu-ber", begann er leise zu singen, trank einen Schluck aus seinem Humpen und wackelte wie ein Hund auf der Hutablage mit dem Kopf, „und morgens ein paar Jäger oder Liebespärchen. Du weißt doch genau, dass deine Zufahrt genug Verstecke

bietet, um ungeniert die Autoscheiben von innen be-
schlagen zu lassen."

„Dann sollen sich Jäger und andere Idioten an denen
die Nase plattdrücken, anstatt unter fremden Fenstern
zu lauschen."

„Nimm's doch nicht so tragisch. Ist doch egal. Dag-
mar oder Frieda ..."

„Tina!" verbesserte ich.

„... völlig schnuppe. Hauptsache, du bist wieder unter den Lebenden", Hans lehnte sich in seinem Stuhl zurück, „weißt du, manchmal habe ich gedacht, du stei-
gerst dich da in was rein. In all den Jahren. Aber immerhin scheinst du ja ein paar Sachen nicht verlernt zu haben. – Mach was draus."

Da Tina gelogen war, am besten mit Gerda, dachte ich.
Brauchte er ja nicht zu wissen. Aber ausgerechnet
Gerda. Die, die noch mehr Angst vor dem Übermorgen
hatte als ich, weil man nämlich dafür in ihren Augen
ausgearbeitete Konzepte haben musste, um die Anfor-
derungen der Zukunft zu überstehen. Sie hatte einmal
danebengelegen und wurde in die Wüste geschickt, das
hatte gereicht. Jetzt nahm sie mit, was man ihr in die
Hände legte. Jetzt unternahm sie Dinge, wenn man sie
mitnahm. Urlaub. Konzerte. Partys. Kann sein, dass sie
all das mit mir ein Leben lang zusammen machen
würde, wenn ich fragte. Aber eine Bedingung für unsere Nächte war dies nicht.

Kennengelernt hatten wir uns tatsächlich auf einer
Party eines Kollegen. Ich sollte auf jeden Fall kommen
und war gleich nach dem Dienst hingefahren. Ein Haufen Leute war bereits gleich nach der Mittagspause abgehauen und schon seit Stunden da. Anders war die
aufgedrehte Stimmung für mich nicht zu erklären. Ich
kannte kaum jemanden. Alle waren bereits ausgelas-
sen, wie an Silvester um Mitternacht und deswegen

hatte ich auch keine Lust, allzu lange zu bleiben. Einmal durchgehen und sich zeigen. Dem Kollegen den Packen Bücher schenken, auf die Schulter hauen und ab. Irgendjemand drückte mich jedoch auf ein Sofa. Direkt neben Gerda. Alle waren fröhlich. Alle lachten. Außer ihr. Das gefiel mir und wir kamen ins Gespräch. Allerdings war dieses etwas einseitig und bestand aus Fragen meinerseits, denn sie trank ihren Frust herunter, bis sie endlich mit der Sprache herauskam. Ihr Angehimmelter hatte sie nicht nur versetzt, sondern verlassen. *Dieser Blödian...* Genau an diesem Abend. *Liegt jetzt bei ner anderen in den Federn...* Eine Schilderung in Multicolor und Breitwand. Dabei sah sie aus wie die Sünde aus. Das Top unter der offenen Bluse gestattete mir etliche Fantasien. Eine halbe Stunde später sah sie zu mir herüber und meinte: *wenn ich jetzt jemanden finde, der mich nach Hause fährt, bin ich weg.* Immerhin war sie vernünftig, denn nüchtern war sie beim besten Willen nicht mehr. *Kann ich machen,* antwortete ich. Getrunken hatte ich im Gegensatz zu ihr nichts. Wie immer seit damals. Zehn Minuten später hielten wir vor ihrer Wohnung. *Komm mit rauf.* Es war keine Frage, eher schon eine Aufforderung. Ohne Blick und passende Geste. Ohne abzuwarten war sie ausgestiegen. *Komm, den Wagen kannst du grad so stehen lassen.* Ich schaute ihr hinterher, wie sie etwas schwankend zum Eingang ging und verglich sie unterbewusst mit Daniela. Suchte sie in ihr, um mir einen Freibrief auszustellen für das, was folgen würde. Obwohl nicht mal die kleinste Nuance ihres Aussehens dazu Veranlassung gab. Kurze Shorts und Flatterbluse. Nicht Danielas Style. Die Psycho hätte ihre helle Freude daran gehabt und ihre Schlüsse gezogen. *Na, geht doch.* Also stieg ich aus. Als ich neben ihr stand und sie versuchte, den Schlüssel ins Schloss zu schieben, sagte sie. *Weißte, ich bin 'ne Frau*

und weißte, was man mit ner Frau machen kann? Genau!
Also, wenn der blöde Arsch nicht mehr will, darf ich nich
lang Trübsal blasen. Da kann man sich nämlich sonst
reinsteigern. Und du siehst richtig anständig für so was
aus. Wenn man vom Pferd gefallen ist, muss man gleich
wieder aufsteigen, sonst tut man's nie wieder. Klar?
Gerda schob ihren Kopf vor und küsste mich ungelenk
auf den Mund. *Schmeckt gut,* meinte sie. Dann waren
wir drin. Erst im Haus, dann in der Wohnung und
gleich darauf in ihrem Schlafzimmer. *Stell dich nicht so*
an, war da ihr erster Satz, weil ich nicht schon wie sie
im Flur begonnen hatte, mich auszuziehen. Da war ich
nämlich noch auf der Suche, was Gerda von Daniela
unterschied.

Seitdem trafen wir uns ab und zu. Dafür. Wesentlich
nüchterner. Zumeist mittwochs. Wie gesagt. Allerdings
nur noch bei ihr, *in deinen Wald gehe ich nich mehr.* War
auch nicht weiter schlimm. Früher taten es andere.
Aber oft kein zweites Mal. Um Treue ging es dabei auch
nicht. Gerda und ich treffen uns also bei ihr. Oder, was
seltener vorkommt, für Kino oder Essengehen. Kein
Beisammensein ist deshalb besonders wortreich. Darum geht es auch nicht. Im Kino und beim Essen spricht
man nicht. Und im Bett denken wir uns jeder in eine
andere Welt. Genau das hilft ihr und mir. All das
brauchte Hans nicht zu erfahren.

„Jäger also, was haben die nachts im Wald bei mir
zu suchen? Ich dachte, die brauchen Dämmerung?"

„Wilderer, fremdgehende Männer und kleine Mädchen, wie du siehst."

Ich spürte wie ich rot wurde und versuchte abzulenken:

„Apropos kleine Mädchen, gibt's da was Neues?"

„Der Fall ist als solches ziemlich klar. Ehestreit mit
Todesfolge. Genug Stoff für einen Thriller. Er will sie in
der Küche bumsen und sie hat die Schnauze voll und

jagt ihm das Messer durch den Hals und er hackt es ihr 8 Mal in den Körper. Frag mich nicht wie. Das Schnittmuster hat der Doc rausbekommen. Erst sie, dann er."
Sein Gesichtsausdruck zeigte, er war davon nicht allzu überzeugt und ich verdrängte einen bestimmten Verdacht das zweite Mal.

„Und gestern haben wir einen Teil der ehemaligen Klassenkameraden von dem Mädchen besucht. War aber das Übliche. Besonders viel Freunde hatte sie nicht. Zumindest waren alle total erstaunt darüber, was passiert war. *Was? Die? Hab ich nix von mitgekriegt.* Also interessiert hat sich keiner so richtig für sie. Nur ein Junge hat 'ne rote Birne bekommen, als wir uns ein bisschen mit ihm unterhalten haben. Er hatte wohl mal was mit ihr. Aber vorwärts sind wir da auch nicht gekommen. Nächste Woche wollen sich ein paar Leute vom LKA drum kümmern."
Hans schaute durch die Bäume hindurch und sein Blick wurde ernst.

„Diesem Arsch von Vater ist es bei der ganzen Aktion hoffentlich richtig dreckig gegangen. Würde mich tatsächlich nicht wundern, wenn wir das arme Ding noch irgendwo auf dem Hof finden würden."

„Sie haben deine Klassenkameraden befragt."
So beiläufig wie möglich hatte ich ihr zuvor Bericht vom Bierchentrinken mit Hans erstattet. Sie versuchte in meinem Blick eine Regung zu finden. Aber ich gestattete mir nur ein kleines Lächeln.

„Du hattest mal was mit einem der Jungs aus deiner Klasse?"

„Ach, Enzo", kicherte sie kurz, „Mops Kullerauge, so haben die anderen ihn genannt, weil sein linkes Auge sich manchmal wegdreht. Ist der einzige nette Kerl. Die anderen sind nicht zu gebrauchen. Ich glaub, die werden mal alle wie mein Vater. Den Enzo haben sie auch immer gehänselt. Kein Wunder bei seiner Geschichte."

„Aber er ist nett?"

Jetzt wurde Lisa rot. Etwas betreten schaute sie auf den Boden.

„Ja – schon, aber da war nichts. Wenn er aber hiergeblieben wär, hätte ich vielleicht den Mumm gehabt, mit ihm was richtig anzufangen, nur um meinem Vater eine reinzuwürgen. Weil er ... Enzo macht weiter, will jetzt auf eine andere Schule. Den seh ich so schnell nicht wieder."

„Nun, wir könnten es ja versuchen. Wenn ich Hans richtig verstanden hab, war da wohl mehr", schlug ich vor.

„Ach, das war doch alles schon vor ein paar Monaten, viel zu lang her. Enzo geht bald nach Augsburg. Da wohnt er dann bei einer Verwandten oder so. Der hat mich spätestens dann längst vergessen."

„Meinst du? Gestern war er noch zu Hause und hat ziemlich rumgedruckst, als sie nach dir gefragt haben."

„Wahrscheinlich, weil wir mal ein bisschen rumgefummelt haben. Das war, bevor die ganze Scheiße richtig anfing. Eigentlich wollte er mir Mathe beibringen. Dann hat er mich angeguckt wie Lissi von links und ich hab ihm einen Kuss gegeben. Hat sich komisch angefühlt. So auf seinen Mund. Ganz anders als bei meinem Alten. Viel weicher. Gibt halt Typen, die das doch können. Deshalb war ich neugierig und hab mitgemacht. Enzo war ganz vorsichtig und lieb. Gar nicht grob. Irgendwann ist er mir unter den Pulli."

„Also doch mehr?!", fiel ich ihr ins Wort und spürte auf einmal, wie sich eine Eifersucht in mir breitmachte. Ihr Blick war zugleich prüfend und wissend.

„Quatsch. Kann gar nix werden. – Hat dein Kollege

nichts gesagt? Der Enzo heißt nämlich eigentlich Enthujan. Der ist Tamile. Hat auf einer Insel gelebt, Ceylon oder so. Seine Eltern sind abgehauen. Wohnt seit zehn Jahren hier. Dann weißt du auch die andere Hälfte, warum sich der Rest aus der Klasse über ihn lustig macht. Nee, wirklich, das kannst du vergessen. Keine Chance. Seine Eltern würden ihm was husten. Bei Mathe helfen, ok, aber wenn die rauskriegen, dass ich ihm auch noch einen runter ...", Lisa hielt sich eine Hand vor den Mund und kicherte, „weißt du, nach'n paar Knutschern hat er meine Hand bei sich draufgelegt. Dafür hab ich ihm meine Hose aufgemacht und er dann seine. Wie so was aussieht, wusste ich ja längst. Auch ohne meinen Alten. So blöd bin ich ja nun wirklich nicht. Aber dem seiner glänzt wie eine Kupferleitung ..."

„Lisa", unterbrach ich sie, unnötig brüsk, „ist gut, ist absolut deine Sache. So lange keiner eine Ahnung hat und Stricke daraus dreht. Aber wir dürfen in den nächsten Wochen auf keinen Fall auffallen, hast du verstanden?"

Stille. Altes Ehepaar. In Büchern vertieft. Der zurückliegende Tag erlaubt nun diese kleine Pause. Ein ganz seltener Augenblick. Leinwand füllend. Langsam zieht sich die Kamera zurück und sucht den jetzt aktiv werdenden Inhalt der Folge. Ungezählter Teil einer Jahrzehnte alten Serie.

In mich hinein lächelnd sah ich zu ihr hinüber. Lisa saß mit untergeschlagenen Füßen im Sessel. Meine Jogginghose, aus der sie seit Tagen nicht rauskam, für sie eine zu kaufen, hatten wir vergessen, schlabberte um ihre Beine und die Ärmel der Jacke hatte sie an beiden Armen mehrmals hochgekrempelt. Dieses dunkelblaue Sportzeugs würde sie selbst in hundert Jahren und mit zwanzig Kilo mehr auf den Rippen nicht ausfüllen können. Denn wachsen würde sie nicht mehr. In ihren Händen das Buch von Kundera. Genau das, welches mir Gerda nach der zweiten, einer wesentlich nüchterneren Nacht, in die Hand gedrückt hatte. *In ihm stehen alle Entschuldigungen. Lies es! Wir brauchen uns dann für nichts mehr rechtfertigen.* Der Rest war Apnoe.

Ich hatte es gelesen und stolperte über tausend Sätze. War Gerda nun Teresa oder Sabina? Oder sah sie in mir Tomas, der Frauen *danach* nachts nach Hause fuhr, weil er an Schlafstörungen litt. Sie selbst zuckte nur mit den Schultern, wenn ich es einmal mehr wissen wollte. *Lass es, ich müsste in alten Zeiten denken, um es mir selbst zu beantworten, mit denen hab ich aber abgeschlossen.* Nun, Lisa fand das Cover so interessant, dass sie *Darf ich?* fragte. Ich schaute wohl gleichgültig und damit zustimmend genug. Unbedacht, weil mir in der Sekunde danach die tausend Sätze eingefallen waren. Konnte sie diese vertragen? War sie reif genug? Oder würde sie jetzt über einen von diesen stolpern?

Mit gerunzelter Stirn und einem verwunderten Blick blätterte Lisa um und kurz darauf wieder zurück. Im Hintergrund dudelte leise eine neue, von ihr selbstgebrannte CD mit den neuesten deutschen Popsongs. Vorher aus dem Internet runtergeladen. Ich versuchte, eine weitere Zeile in meinem Buch zu lesen und zu kapieren, warum der junge Kerl trotz der musikalischen Tipps der Pilzköpfe womöglich gleich zwei Mädels verlieren würde, hatte aber Schwierigkeiten, mich zu konzentrieren. Meine postpubertäre Aufarbeitung würde also noch etwas warten müssen. Denn, das, was ich las: *Nina hing an mir, dann entdeckte sie Cecilie, und ihre Arme ließen mich langsam frei*[1], vermischte sich mit

---

1   Lars Saabye Christensen, Yesterday

dem, was ich aus den Lautsprechern hörte. ...*dass es besser ist, wenn ich es fühlen kann.* Mitten in diesem Durcheinander hob sie den Kopf, erwischte meinen Blick, ta-
xierte mich kurz und schon schoss ihre Frage auf mich
ab.

„Stimmt das?", fragte sie. Blätterte eine Seite zurück
und tippte mit dem Finger auf diese.

„Wie? – Was? – Stimmt das?"

Welcher der Tausend würde es sein?

„Na, das hier."

Nicht besonders flüssig las sie mir die Passage vor, *Liebe
bedeutet, auf Stärke zu verzichten ...* Obwohl sie diese
eben mehrmals gelesen hatte, um sie zu verstehen. Gerade so, als wenn niemand für diese Stelle eine Erklärung haben könnte. Als wenn sie von vornherein, eher
einen Zweifel oder zumindest eine Frage provozieren,
als eine Feststellung machen wollte.

Stimmt das? Die Zeile, die ihr Furcht hätte bereiten
können, hatte sie demzufolge längst überlesen, *Körperliche Liebe ist undenkbar ohne Gewalt.* Oder war er ihr
zu selbstverständlich? Aber wie sollte ich ihr dies erklären, nach all ihren einschränkenden Erfahrungen.
Gerda hätte wahrscheinlich kurz überlegt, ihre Hand
auf meinen, respektive Lisas Arm gelegt und mit viel
Verständnis dies alles nicht nur erklären, sondern auch
in eine Weisheit aus dem Buch verwandeln können –
*Weißt Du, später heißt es: das Fehlen der Liebe macht die
Seele sehend* – diesen Satz hatte sie nämlich als einzigen
im Buch mit einem grünen Textmarker dick gekennzeichnet.

„Und wie funktioniert sie wirklich?"

„Wie funktionieren? Liebe ist doch keine Maschine.
Da geht nichts auf Knopfdruck."

„Na ja, immerhin steckt ihr euer Ding da unten rein

und legt los."

Ein wenig amüsiert schaute ich sie an. Gerade eben war sie noch erwachsen wissbegierig und nun doch das kleine, naive Mädchen.

„Du bist gut! Es soll bisweilen vorkommen, dass Mädels dabei tüchtig mitmachen, weil auch sie schöne Gefühle dabei haben. Trotzdem sollte es für keinen so was wie ein maschineller Akt sein. Da gibt es noch etwas, das Empfindung, Emotion oder was weiß ich genannt wird."

„Hier unten ...", sie spreizte ein bisschen ihre Schenkel und deutete mit einem Finger in Richtung ihres Schoßes, „... oder da oben?", nun tippte ihr Finger an den Kopf.

Fast hätte ich ohne zu überlegen *Man braucht doch Beides* gesagt, aber sofort dachte ich auch wieder an Gerda. Ein *Da oben* oder irgendein komisches, kitschiges Dazwischen, also Herz, war für uns nicht nötig. Es war zu einer Selbstverständlichkeit geworden. Zu einer, die für einen langen Augenblick schwarze Löcher des Lebens auslöschte und sie durch einen kurzen Höhenflug von Glückseligkeit ersetzte. Doch wir teilten einander davon nichts mit. Jeder war für sich. Ohne weitere Zärtlichkeiten für den Anderen.

Aber fürs Bumsen hast du 'ne Tussi. Lisas Worte. Ihre Quintessenz und Weisheit. Was war also mit dem Idealfall? Gab es den nicht? Weil alles doch bloß reiner Egoismus war? Ist wahrscheinlich tatsächlich viel zu oft der Fall. Lust? Hat man die für sich, den anderen oder auf einander? Auf jeden Fall ist es ein Zusammen. Etwas, was Beide in diesem Moment wollen. Zunächst egal aus welchem Grund. Teresa und Tomas erging es in Kunderas Buch nicht anders. Ansonsten näherte man sich einer Vergewaltigung. Das alles schien mir logisch genug für eine Erklärung. Was Lisa betraf, waren nach meinem Empfinden alle Aspekte enthalten. Ich sortierte die Worte und versuchte es.

Danach schwieg sie minutenlang. Drehte ihren Kopf hin und her und schien im Zimmer, an den Wänden, mit einem Blick aus dem Fenster und auf den Tisch etwas zu suchen. Den berühmten letzten Rest, um auch wirklich alles zu kapieren. Das mit denen im Buch, das mit Enzo, mit mir und selbst das mit ihrem Vater. Ihr Gesicht absolvierte dabei eine Art Denkgymnastik. Dann, prompt:

„Ich hab nicht wegen dem Arsch gefragt, die Scheiße ist ja klar, sondern weil ich wissen will, was noch kommen kann. Ob das mit Enzo nur Spielerei gewesen ist oder, weil wir verrückt aufeinander waren, ob das Ganze hier bei dir nur eine nette Aufheiterung ist oder mehr. Ob ich klar im Kopf bin oder bescheuert. Ob der ganze Quatsch in der Schule und im Buch da eine Verarsche oder eine Hilfe ist ...“

In ihrem Blick war plötzlich Ratlosigkeit.

Gleichzeitig schränkte sie mit wedelnden Händen mögliche Antworten ein:

„Ok. Das mit Enzo war Neugier oder so. Also für da oben. Und er war lieb und hat mir nicht wehgetan – da unten. Aber mehr ist auch nicht gewesen. Dein *Zusammen* muss also schon ein bisschen mehr sein.“

„Kommt noch. Du bist jung genug“, erwiderte ich.

„Mmh, mag sein, aber immerhin sind wir schon mal zusammen. Für irgendwas muss das ja gut sein, dass ich ihn ...“, sie unterbrach sich abrupt und erschrak über sich selber, „... los bin.“

***

Bereits vierzehn Tage später hatte uns beide trotzdem die befürchtete Normalität auf den Boden der

Tatsachen zurückgeholt. Die Enge des Hauses bot wahrhaftig zu wenig Möglichkeiten, sich aus dem Weg zu gehen. Lisa konnte es nicht mal verlassen. Jäger und andere lauerten überall. Nur die *Spezialdiät* begann langsam zu wirken. Die dünnen Arme und Beine verloren allmählich ihr magersüchtiges Aussehen und machten sie Schritt für Schritt zu einem Mädchen im nun passenden Alter. Sie war eitel genug, dies allmorgendlich zu kontrollieren.

Um Lisa etwas in Ruhe zu lassen, fuhr ich manchmal für ein, zwei Stunden aufs Revier, auch um herauszufinden, was nach der dritten Anhörung nun zu erwarten war und um einen Blick in die aktuellen Fälle zu tun. Bezüglich dieser meinte Roggmann, so bliebe ich wenigstens im Training. Ich gönnte ihm den väterlichen Punktsieg und nickte. Nebenbei prüfte ich den Wissensstand in puncto Höggerlhof. Doch ich sah nur Pokerfaces.

An anderen Tagen spielten Lisa und ich bis zur Besinnungslosigkeit dann doch Gesellschaftsspiele. Monopoly, Mensch ärgere dich nicht, Halma oder welche, die wir im untersten Regal des Bücherschranks gefunden hatten und deren Spielanleitungen unterhaltender waren als die Spiele selbst. Oder entflohen, wenn uns die Decke drohte auf den Kopf zu fallen, in aller Frühe mit dem Auto und steuerten über einen kleinen Umweg, fast am Dorf vorbei, ein entlegenes Ziel, irgendein Schloss oder eine große Stadt an, von der ich mir genügend Anonymität versprach. Entspannung stellte sich indes meist nicht ein. Hinter jeder Ecke sah ich nach einiger Zeit Roggmann, Irma, Hans oder Gerda auftauchen. Eine Handvoll Regentage machten solchen Unternehmungen dann einen Strich durch die Rechnung. Ich spürte jedes Mal, dass Lisa sich schwer dabei tat. Räumliche Eingeschränktheit war ihr allzu bekannt und sie nahm diese logischerweise eher als Bedrohung wahr. Sie entspannte sich erst nach und nach, als sie erkannte, dass ich sie wirklich in Ruhe ließ.

Aber an diesem Tag riss diese sie doch in einen Abgrund. Das Sommerwetter legte einen weiteren Tag Pause ein. Die ich nutzen wollte. Ich hatte endlich eine gute Holzplatte und diverse Metallteile gefunden, die ich für den Klapptisch in der Küche verwenden konnte. Lisa wollte helfen, aber ich brütete noch über meine Vorgehensweise und versprach, sie rechtzeitig zu holen. Nichts im Haus sollte ohne ihr Einverständnis geschehen. So weit war unser *Zusammen*sein schon gediehen. Die Adoption war längst vollzogen. Mit jedem Tag erwartete ich den Hammerschlag, der mich aufwecken oder alles zerstören würde.

Als ich endlich soweit war, rief ich ihren Namen die Stiege hinauf. Keine Antwort. Auch nicht beim zweiten Versuch. Ich legte das Werkzeug beiseite und ging hinauf. In ihrem Zimmer war sie nicht. Ich schaute um die Ecke in mein Schlafzimmer. Hin und wieder legte sie sich zum Schlafen in mein Bett. *Es ist so schön kuschelig bei dir*, war dann ihre Antwort. Stattdessen stand sie nun vor meinem Schrank. Nackt, etwas breitbeinig auf einer großen Plastiktüte und betrachtet sich im großen Spiegel der Innentür. Den Rücken mir zugewandt. Ein im ersten Moment hübsches Bild. Zeigte es ein junges, inzwischen attraktiver gewordenes Mädchen. Doch an ihren Schenkeln lief innen Blut herunter.

Extreme Stimmungsschwankungen kannte ich inzwischen von ihr. Deshalb zog ich meinen Kopf zurück und atmete zunächst tief durch. Dann stellte ich mich in die Tür und sagte leise ihren Namen. Lisa drehte sich um. Ohne Tränen. Ihr Gesicht fahl, mitgenommen und ausgelaugt. Sofort sah ich die Zeichnung auf ihrem Bauch. Dick mit einem Filzstift auf die Haut aufgemalt.

Ein viel zu großer Penis, der sich zwischen Nabel und Scham aufgerichtet hatte. Eine weitere Schliere Blut rann am Bein hinab und tropfte vom Knie mit einem leisen Platschen auf die Folie.

„Meinst du, dass ich noch 'ne richtige Frau werden kann?"

Mit allem hatte ich gerechnet, aber auf diese Frage war ich nicht vorbereitet. Sie hatte sie jedoch mit einer Kraft ausgesprochen, die jeden Zweifel an ihrer Ernsthaftigkeit verbot. Das Bild, das sie bot, war dagegen für mich ihr erlebter Schmerz. Schmach, Schande und Demütigung. *Weißt du, wie weh das tut, wie verdammt weh das tut? Es hat mich auseinandergerissen. Wie ein Pflock durchstoßen. Bis zu meinem Herz hinauf. Ich habe geblutet, ununterbrochen geblutet.* Der Geruch dieser Pein, des Blutes vor mir, ihres Blutes, stieg mir in die Nase, und ich glaubte fast, die Folter zu spüren, die sie erlitten haben musste, als ich vor ein paar Tagen an ihrem nackten Rücken lag.

„Weißt du, eine richtige Frau, ohne diese Scheiße da, ohne dass jeder weiß, jetzt kann man mich bumsen, ohne dass was passiert."

In meinem Kopf schwirrten haltlose Sätze und Bilder. In den Büchern hatte ich dazu noch nie was gefunden. Eine richtige Frau. Eine also, die nicht nur auf *das* reduziert war. Ja, natürlich, alles ist möglich, dachte ich. Liebe, Kinder kriegen, Haushalt, Pflichterfüllung, Alltag. Das Schlimme war nur, Lisa hatte bis auf die ersten beiden Punkte schon nicht viel anderes erfahren und ich war für den Rest ein denkbar schlechter Lehrer.

Komischerweise fielen mir nun die Statistiken ein über missbrauchte Frauen und ihre unsagbar schweren Wege in die Normalität. Eigentlich auf ewig gezeichnet. Ich hoffte, mich nicht zu täuschen und dass Lisa tatsächlich stark genug sein würde, diese Schmach zu überwinden. Diese Tortur aus ihrer Gefühlswelt zu eliminieren. Sie war vielleicht noch jung genug. Immer noch stand sie da. Präsentierte sie mir ihre, trotz der Sonderrationen Essen, trotz der zwei, drei zugelegten Pfunde, nach wie vor zerbrechliche Nacktheit und die gemalte männliche Rohheit. Einerseits wie nicht anders von ihrem Vater angewendet, andererseits mit dem festen Willen und der vagen Vorstellung, mit Studien über sich selbst ans Ziel zu kommen.

„Lisa", mehr als ihr Name fiel mir als Antwort nicht ein. Ich beugte mich vor, und zog ein Hemd vom Stuhl neben der Tür und warf es ihr zu, in der Hoffnung, die Geste würde alles erklären. Nachlässig fing sie es auf, ließ mich nicht aus den Augen und wischte sich das Blut zwischen den Beinen ab. Als der Stoff blutrot war, rieb sie ihn über ihren Bauch. Kein Strich ihrer Zeichnung verschwand. Im Gegenteil. Nach wenigen kreisenden Bewegungen ihrer Hand ähnelte der Phallus einem blutverschmierten Messer, das tief in ihrem Körper steckte. Welcher Kerl konnte an so etwas Spaß haben? Welcher Vater? Es gab leider genug. Jeden Tag gab es über solche Idioten Artikel in den Zeitungen.

Wortlos stand sie anschließend da. Wartete immer noch darauf, dass ich endlich ihre Frage beantwortete. Doch außer einem Nicken wusste ich nichts zu erwidern. *Eine richtige Frau*, eine richtige Frau, mein Kopf klang wie die letzte Rille einer Schallplatte. *Du wirst doch schon langsam eine Frau. Guck dich an! Dein Gesicht, Bauch und Po. Mindestens drei Pfund mehr auf den Rippen. Vielleicht vier oder sogar fünf. Weißt du, wie viel das ist? Lass dir Zeit, fünf Jahre, zehn, dann bist du erst Mitte zwanzig, dann hast du hoffentlich gute Beziehungen gehabt, einen anständigen Freund und gar den Richtigen kennengelernt*, dachte ich und sagte nichts. Eine

richtige Frau, dazu gehörte mehr, als ich vermutlich bei-
steuern konnte. Von dem ich mir aber einbildete, es immer mehr zu wollen. Ich, ein verwirrter Zufallstreffer
vom Parkplatz. Enzo, der Tamile hätte es eher verdient.
Wieder nickte ich und sie starrte mich an. Endlich ging
ich zu ihr hinüber. Der Geruch des Blutes stieg mir in
die Nase. Auf die Folie unter ihre Füße zeigend, sagte
ich:

„Das ist auch Frau. – Leider. Es gehört dazu und ge-
hört nur dir."
Dann nahm ich sie an den Schultern und drehte sie um.
Ließ sie wieder in den Spiegel schauen.

„Und das da", ich schob meine Hand auf ihren Bauch
und damit auf den blutglühenden Phallus, „hat von nun
an nur mit Liebe zu tun. Und nur dann solltest du es
zulassen. – Ich glaube, du bist schon viel länger und
mehr Frau, als wir beide denken."
Im Spiegel betrachtete sie unser Spiegelbild, nahm nach
langen Augenblicken meine Hand von ihrem Bauch
und schob sie auf ihre linke Brust. Hielt sie dort fest.
Dann lehnte sie sich an mich, ließ das Hemd aus der
anderen Hand fallen und umarmte mich mit ihr rück-
lings.

„Fühl ich mich auch schon so an?"

„Viel zu sehr", entgegnete ich und entzog mich ihrer
Nähe.

Die Folie und den blutgetränkten Tampon entsorgte ich
in einer Plastiktüte und stopfte alles in eine Zweite. Bei
einer nächsten Tour, irgendwohin, jenseits der Berge,
würde ich sie in einen Mülleimer werfen. Hier in der
näheren Umgebung, im oder beim Haus durfte das
Zeugs nicht bleiben. Zu viele Jäger. Der kurze Blick von
Hans, als er die neuesten Ergebnisse bei meinem letzten
Besuch schilderte, hatte mich zu sehr verunsichert. Ich

deponierte das Ganze im Heizungsraum und warf das Hemd mit einer Extraportion Waschmittel in die Waschmaschine. Aus dem Bad hörte ich nur das Wasser gleichmäßig aus der Dusche rauschen. Ohne einen Laut von ihr zu hören. Wahrscheinlich saß sie auf dem Wannenboden und wartete, bis das heiße Wasser ihren Schmerz verbrannt hatte.

Ich ging nach oben ins Schlafzimmer, tupfte mit einer Lauge einige Tropfen vom Boden und raffte ihre Kleidungsstücke zusammen, die sie ausgezogen und liegengelassen hatte. Kurz hielt ich jedes Teil hoch und suchte mögliche Flecken. Dann faltete ich die doch sauberen Sachen so gut wie möglich zusammen und legte sie in das kleine Zimmer, ihrem Zimmer, auf den Schreibtisch. Sie hatte es inzwischen mit einigen Bildern und in der Wohnung zusammengetragenen Dingen, wie Kerzenständern und verschiedenen Vasen voller Blumen für sich heimelig gemacht. Nachdem ich die Wäsche abgelegt hatte, schob ich einen Stapel Bücher zurecht. Obendrauf der Kundera. Die Bücher darunter, ohne Ausnahme die Titel, die ich ihr vor Kurzem empfohlen hatte. Viele Seiten mit kleinen Papierschnipseln gekennzeichnet. Ich zog meine Hände weg. Unter der Schreibunterlage lugte eine weiße Spitze Papier hervor. Geradezu eine Aufforderung für mich.

Liebe Lissi, entschuldige, bei dem ganzen Scheiß hab ich vergessen dich mitzunehmen. Wir müssen nun leider allein zurecht kommen. Aber dafür brauch ich jetzt nie wieder Angst haben. Jetzt gibts keine Prügel, keine blauen Flecken, keine verdrehten Arme und keine Schmerzen mehr. Ich hab Mami da liegen

sehn. Voll mit Blut. Er hat sie tot gesto-
chen. Kein Tier muss so sterben. Dann
stand er plötzlich in der Tür, total besoffen, schrie mich an und grapschte
dauernd nach mir. Ich hab unheimlich
Angst gekriegt. Hab deshalb ein Messer
geschnappt und meinen Beutel. Alles andere hab ich vergessen. Ich bin nur gerannt und hab um mich geschlagen. Raus
aus dem Haus. Zehn Tage bin ich durch
die Gegend gelaufen, hab nem Bauern
Milch aus ner Kanne geklaut und in nem
Supermarkt ne Dose Ravioli. In nem Klo
konnte ich Wasser in eine alte Plastikfla-
sche füllen. Mehr gab es nich. Dann hab
ich zwei Nächte nirgendwo schlafen
können. Überall sind Menschen. Sogar
mitten in den Feldern. Vor 5 Tagen, bin
ich dann auf nen Autobahnparkplatz. Ich
dachte, da kann ich vielleicht betteln,
aber ein Arschloch hat mir nur fünfzig
Euro geben wollen, wenn ichs mit ihm mache. Und ne Tussi hat gemeint, ich soll
doch zurück ins Heim. Dann kam Axel. Ein
komischer, aber netter Kerl. Bisschen
verklemmt oder so. Stellt 2 Millionen Fragen am Tag und sagt Kleines zu mir. Will
aber nix von mir und schreit nich. Der
Spinner hat mich sogar neu eingekleidet.
Du wirst es kaum glauben. Aber ich bin
bei nem Polizisten gelandet. Ich glaub,
der meint es gut mit mir. Ich hoffe dich

findet ne liebe Polizistin, dann täts pas-
sen. Die muss dich dann halt mal waschen.
Seit ein paar Tagen hab ich kaum noch
Angst und kann gut schlafen. Gestern hab
ich sogar das Messer in Axels Besteck-
schublade gelegt.

Am nächsten Morgen fuhr ich zum Hof, sagte, ich
würde einkaufen. Natürlich war Roggmann da. Mein
Chef. Wahrscheinlich zuvor tagelang nicht, aber heute.
Fügung oder Kismet. Seine Nase für den passenden Moment konnte einem Angst machen. Er stand draußen,
neben einem Wagen und beugte sich zum Fahrer runter.
Möglicherweise einer der angekündigten Typen vom
LKA. Als er mich sah, meinte er:
„Mensch, Axel, find ich echt gut, dass du trotz allem
kommst. Kannst ruhig reingehen und dir die Reste des
Schlachtfests mal ansehen."
Ich nickte ihm plötzlich unentschlossen geworden zu
und betrat mit der zusammengerollten Einkaufstasche
unterm Arm zögernd das Haus. Von außen konnte man
bereits erahnen, was einen innen erwartete. Eine müt-
terliche Hand hatte, trotz aller Entwürdigungen, über
lange Zeit versucht, unhaltbare Zustände nicht zur Ver-
wahrlosung werden zu lassen. Bunte Klebestreifen ka-
schierten abgenutzte Kanten der Möbel, das Muster einer Tapete war mit Farbstiften ausgebessert worden. In
alten Nagellöchern steckten abgeschnittene Streichhöl-
zer. Auf gesprungenen Fliesen blühten Selbstklebeblu-
men. Fehlende oder kaputte Handgriffe waren durch
Schnüre ersetzt. Einige Türen der Schränke hingen
schief oder fehlten bis auf die Scharniere ganz. Fußleis-
ten gab es nicht. Die zwei einzigen Teppiche waren an
den Enden löchrig und ausgefranst. Die einstmals weiß

gestrichene Decke endete durchweg in dunkel gewordenen Ecken. Es roch nach alter Wäsche und feuchten Wänden. An mancher Kante kroch der Schimmel hoch. In der Küche konnte ich noch gut die Flecken des Blutes erkennen. Die weißen Striche und Winkel auf dem Boden zeigten die Lage der toten Körper. Die selbstklebenden Zahlen für mutmaßliche Beweisstücke wirkten wie Losnummern. *Ich hab sie da liegen sehen, voll mit Blut.* – Und den Vater? Der Rest der Wohnung war zwar aufgeräumt, aber überall erschien sie genauso verbraucht und verschmutzt. Die letzte Farbe war zu Zeiten der Großeltern benutzt worden. Lisas Zimmer war klein und eng, eher eine Höhle, denn das Fenster war nicht größer als zwei Handflächen. Vielleicht ein alter, ehemaliger Hühnerstall. Die Einrichtung spartanisch und abgenutzt. Ein Schauspieler, Popstar oder sonst wer grinste kupferfarben von einem Poster zu mir. Vielleicht als Enzo-Ersatz. Xavier Naidoo stand in einer Ecke. Ich hatte ihn nicht erkannt. Ihr Bett wie vor fünf Minuten verlassen. Das Bettzeug schrie nach einer Waschmaschine. Mitten im Laken ein blasser verwaschener Fleck. Etwa ihr Blut? Letzter Zeuge der Vergewaltigung? Oder Zeichen einer heftigen Menstruation? Lissi saß auf dem Kopfkissen. Schaute mich wohl mit der lächelnden Seite an und wartete geduldig auf Lisas Heimkehr. In den nächsten Tagen, Wochen, Monaten. Oder bis jemand käme und diese Geduld beenden würde. Ich beschloss, diese sogar zu belohnen. Packte sie so lässig wie möglich in meinen Einkaufsbeutel, drehte diesen wieder zusammen und ging hinaus. Roggmann immer noch im Gespräch.

„Komische Sache kann ich da nur sagen", sprudelte ich los um abzulenken, „aber bei den Zuständen ist alles möglich: Kampf wegen Eifersucht, beide betrunken, 'n Dritter hat – hat, was weiß ich gewollt und wurde von dem Alten überrascht."

„Sieht im Moment danach aus, dass sie in einer ab-
wehrenden Bewegung seinen Hals aufgeschlitzt hat, als
Hartbauer sie vielleicht vergewaltigen wollte und er,
nachdem er das Messer irgendwie in die Hände bekam
und auf sie eingestochen hat, dann selber langsam verblutet ist. Der Kerl hatte, als wir ihn gefunden hatten,
noch 2,1 Promille im Blut."

„Himmel! Und das Mädchen?", wollte ich wissen.
Roggmann zuckte mit den Schultern und meinte:

„Vielleicht schon ein paar Tage vorher umgebracht
und irgendwo verscharrt. In der Schule hat man sie zum
letzten Mal gesehen. Seitdem ist sie wie vom Erdboden
verschwunden. Wir kommen nicht so recht weiter.
Nach allem, was wir wissen, wird sie's ja wohl nicht
gewesen sein."

Er reichte mir einen schmalen Ordner mit Fotos rüber.
Eines von Lisas Mutter, das andere von Hartbauer. Sie
gerade mal 38. Er war mir egal. Würde ich am Compu-
ter gut retuschieren, käme Lisa in zwanzig, dreißig Jahren heraus. Aber ihre Mutter sah auf dem Bild folge-
richtig verlebter aus, aller Illusionen beraubt und sogar
als Ehefrau missbraucht. Ihre einstige, womöglich vorhandene Schönheit musste ich in Lisas Gesicht suchen.
Hartbauer hingegen trug die Fratze des ewigen Alkoho-
likers in seinem Gesicht. In ihm war nichts Verbliche-
nes zu finden. Nichts, was jemals für eine Frau verlo-
ckend war. Nur narbig erscheinende Haut, blutunter-
laufene Augen mit wirrem Blick. Seltsam, was für Menschen sich begegnen und zusammenbleiben.

„Ich darf ja nicht richtig. Aber ich werde im Dorf
nochmal die Augen aufmachen, kursiert ja genug an
Gerüchten herum", gab ich nicht besonders clever für
einen Polizisten zurück und fügte hinzu: „ich meld mich

dann. Muss eben noch einkaufen", auf das Taschenbündel deutend, ergänzte ich wie zum Beweis: „ich komm jetzt zu Sachen, die ich schon längst hätte erledigen sollen. Also bis bald möglich. Ich guck die nächsten Tage wieder vorbei."

Roggmann schaute nur beiläufig hin. Trotzdem hatte ich das Gefühl, es war auch ein prüfender Blick gewesen. Sein freundschaftlicher Ton beruhigte mich dann.

„Ich schau, was ich für dich tun kann. Sieht gut aus im Moment. Wir finden schon eine Lösung für dich. Bin schon dran. Bist bald wieder dabei. Ist doch klar. Wir brauchen dich."

Bei Irma kaufte ich ein, als wenn in den nächsten Tagen der Weltuntergang bevorstünde. Ich begründete es mit dem dauernden Zuhausesein und dass ich am Wochenende in die Berge fahren wollte. Die drei vollen Kartons brachte ich mit einigen Zweifeln zum Wagen. Vielleicht hatte ich mich in den Mengen doch verschätzt. Auf dem dritten Karton lagen wieder jede Mengen Proben und zwei Zeitschriften. Mit einem Blick sah ich, dass Irma für den angekündigten Ausflug weibliche Begleitung vermutete. Gott sei Dank war ihr Laden kein tratschendes oder gar petzendes Postamt.

***

Viel brauchten wir dann doch nicht. Die nächsten Tage versprachen, heiß zu werden. Unsere Sachen passten daher in zwei Taschen. Shorts, kurzärmelige Hemden, etwas für überraschend kühlere Abende und, wenn wir Essen gehen wollten, ihre neuen Turnschuhe, Tops, Minis, bunten Strumpfhosen und Leggins und, sehr wichtig – ohne ihn hätte ein neues Zeitalter nicht anfangen können – der *Puuh*-Bikini mit den gelben

Rändern. Immerhin hatte sie schon gute vier Kilo zugenommen. Das zweiteilige Etwas hatte also schon etwas mehr zu verpacken. Der Abschied von der geschlechtslosen Figur war auch ein kleiner Abschied von der Vergangenheit mit all ihrer Pein, insbesondere, weil ihr seitdem kein Leid geschehen war.

Auch wenn man nun hätte glauben können, sie wollte mit *so etwas* nichts mehr zu tun haben: Am Abend zuvor führte sie mir die Errungenschaft noch einmal vor, ohne Scheu und Scham und meinte, als sie vor mir stehend mit ihrem Po wackelte:

„Schau, was ich für einen Hintern bekommen hab!"
Ich nickte anerkennend mit dem Kopf. Dann stürzte sie sich auf mich und kuschelte sich in meine Arme.

„Und? Wie fühl ich mich an?"
Ich lachte nur und streichelte ihren Rücken und vorsichtig, damit es neckisch blieb, unter dem Stoff ein paar Zentimeter ihres kleinen Pos.

„Pass bloß auf, dass ich nicht zu fett werde", fügte sie grinsend hinzu.
Morgens um vier waren wir dann losgefahren. Lisa hatte sich gähnend, aber gut gelaunt mit der wollenen Decke auf den Rücksitz gelegt. Mir war es Recht. So sah jeder nur mich hinterm Steuer sitzen, als wir in der beginnenden Morgendämmerung durchs Dorf Richtung Autobahn fuhren. Seit einigen Tagen schon konnte sie wieder richtig schlafen. Wie bei mir waren die Alpträume mit sich selber beschäftigt und quälten sich nur noch selber. Tag 25 nach Lisas Rechnung. Erst am Brenner wachte sie auf, legte plötzlich ihre Arme um meinen Hals und küsste mich auf die Wange. Im Rückspiegel sah ich ihr verschlafenes, aber glückliches Gesicht. Dann kam sie mit ihren Lippen dicht an mein Ohr und fragte:

„Warum machst du das alles für mich?"

Eine Frage, die ich mir seit dem ersten oder zweiten Tag selber immer wieder gestellt hatte, aber nicht beantworten konnte. Und wenn, mit für mein Alter ungehörigen, statt wohlüberlegten Worten. Letztere wären darüber hinaus untauglich gewesen für das, was gerade vor uns lag. Ich zuckte deshalb mit den Schultern und versuchte es mit:

„Ich hoffe, Knecht Ruprecht sieht es zur rechten Zeit und wird dann freundlich zu mir sein."

Ihr Kichern war erfrischender als jedes kalte Getränk. Während ich noch dachte, ich hätte auch sagen können: *du, das ist ein Testfall, denn ich habe mit uns noch etwas viel Verrückteres vor*, zwängte sie sich zwischen den beiden Rückenlehnen vor und saß Augenblicke später auf dem Beifahrersitz. Ihre Füße deponierte sie mit durchgestreckten Beinen auf dem Armaturenbrett, so dass ihr Kleid frech nach unten rutschte und ihr mit grinsenden Sternchen gemusterter Schlüpfer hervorlugte.

Aus irgendeinem Film kannte ich diese Szene. Aber meine Finger behielt ich, im Gegensatz zu dem Fahrer in diesem, ohne Mühe bei mir.

„Ich bin in meinem ganzen Leben noch nicht weiter als fünfzig Kilometer weg gewesen", stellte sie mit einem Blick aus dem Seitenfenster fest, „mein Vater hatte Mutti mit der Faust gedroht, als sie sagte, ich dürfe ins Schullandheim mit. – Für diese Scheiße haben wir kein Geld, schrie er sie an", endete Lisa nun flüsternd.

„Aber dafür gibt es doch Zuschüsse."

„Das war dem Idioten doch scheißegal. Und ich war viel zu eingeschüchtert, um mich zu wehren. Freundinnen, die dies und jenes durften, waren verzogene Weibsbilder für ihn. Dumme Gören von irgendwelchen Großkopferten. Ich hab ja nicht mal ein Handy gehabt. So'n billiger MP3-Player war das einzige, was ich an Technik hatte. Hatte kaum Speicher. Hundert Lieder und Schluss. Für fünf Euro einem Klassenkameraden abgeschwatzt. Zu viel Freiheit würde mich nur aufmüpfig machen, war sein Spruch. Das Leben sieht anders aus und so. Der Arsch brauchte mich zum Verdreschen und hatte an dem Tag, als er Mutti anschrie, schon sicher vorgehabt, mich zu bumsen. Dafür wollte er keine Zeit verlieren."

Die Sonne knallte unwirklich durch die Fenster auf uns. Die Lüftung mühte sich vergeblich ab. Während Lisas Schenkel im Licht glühten, sprach sie weiter:

„Den Tag nachdem er es gemacht hatte, stand er mit 'ner Flasche Bier in der Tür und guckte mich an. *Das gestern hat mir ganz schön viel Spaß gemacht, das werden wir jetzt öfter tun, mein Täubchen. Du wirst sehen, das sind die wichtigen Dinge fürs Leben. Das brauchste später für 'ne Familie.*"

Ich nahm meine rechte Hand vom Lenkrad und betrachtete sie kurz. Ihr Minikleid war einen weiteren Zentimeter runtergerutscht. Der Schenkel frei. Zwei Sterne mehr grinsten. Dann umfasste ich doch wieder das Steuer.

Bei Rovereto bog ich von der Autobahn ab. Keine zwanzig Kilometer später waren wir nördlich Torbole angekommen und Lisa sah zum ersten Mal den See. Verraten hatte ich ihr bis dahin nicht allzu viel. Ein paar Tage, fünf Nächte würden wir an ein kleines Meer fahren. Sie zählte alle Pfützen, Tümpel und Teiche der Umgebung auf und ich schüttelte lachend, bald mit Tränen in den Augen den Kopf. Die meisten Planschbecken, die sie aufzählte, kannte ich nicht einmal.

„Ein bisschen weiter weg wird es schon sein", antwortete ich und gab ihr den Straßenatlas, „hier kennt uns doch jeder."

„Etwa da irgendwohin?", war das einzige, was sie

sich getraute zu sagen und stupste mit einem Finger zuerst auf den Chiemsee, dann den Bodensee und zum Schluss mit einem erwartungsvollen Blick auf den Gardasee, weil sein Name in ihr ein kribbeliges Fernweh erzeugte. Diesmal war meine Antwort ein Pokerface, so lange wie möglich. Auch als sie nachbohrte, war nicht mehr aus mir herauszubekommen.

„So ein Tümpel – in etwa – könnte es schon sein", sagte ich nur.

Der Verdacht, dass sie Recht haben könnte, wuchs mit jedem Kilometer den wir uns dann dem See näherten und sie die entscheidenden Orte in dem Atlas wiederfand. Fast lehnte sie sich über mich als wir Richtung Riva weiterfuhren, um ja kein Detail der Aussicht zu verpassen. Ich nahm sie ihr und kurvte ein wenig durch die Stadt. Es war über zwanzig Jahre her, dass ich hier gewesen war, aber ich konnte kaum einen Unterschied zu damals entdecken. Der Torre Apponale stach nach wie vor zwischen den engstehenden Häusern in den Himmel. Dahinter öffnete sich die Sicht auf den See immer mehr. Aber unser Ziel hatten wir noch nicht erreicht. Bis nach Limone waren es noch gute zehn Kilometer und dann mussten wir einen Berg hinauf. Signora Casti hatte mir ein Blatt zugefaxt. Das würde ich brauchen, meinte sie und schrieb noch auf Deutsch *eine schöne Gruss* darunter.

Am Hafen vorbei mit Blick auf die Reste der Bastion La Rocca fuhren wir an den steilen Felswänden der Küste entlang. Trotz des starken Verkehrs, Europa hatte Ferien, hatte die Straße nichts von ihrer damaligen Faszination eingebüßt. Lisas Äußerungen bestanden nur noch aus Wörtern, die normalerweise Comics füllten. *Wow, boah, geil* oder ähnlichem. Nach dem ersten Tunnel wurde sie stiller. Nach dem zweiten war sie gänzlich still. Nach dem dritten weinte sie und flüsterte:

„Axel, gleich sag ich was ganz Dummes."
Wieder änderte sich das Panorama zwischen den nächsten Tunneln. Plötzlich lag ihre Hand auf meinem Oberschenkel. Für einen Sekundenbruchteil verkrampfte ich, spürte ich Daniela neben mir sitzen, dann war das Gefühl so schnell weg, wie es gekommen war. Ich legte meine Hand auf Lisas und streichelte ihre unfassbare zarte Haut und zog die Finger, bevor sie Sternchen fühlten, wieder weg. Froh, die Realität nicht verlassen zu haben.

„Ich auch", erwiderte ich nur.
Dann quetschte sich Limone unter die Felsen. Gleich rechts von uns übereinandergestapelte Kartons voller Galerien und etwas weiter hinten Treppen aus üppig grünen Bäumen und Häusern. Die Zufahrt zu unserem Domizil was tatsächlich abenteuerlich und in unserem Atlas nicht zu erkennen. Signora Casti hatte nicht übertrieben. Den Wagen ließen wir an der beschriebenen Stelle und etwas außerhalb über dem Ort in einer Straße stehen. Den Rest mussten wir zu Fuß gehen. Oben angekommen wurden wir bereits empfangen. Signora war nicht größer als Lisa, dafür so dick wie wir zwei zusammen. *Ich habbe schon sie gesähn,* begrüßte sie uns mit ausgestreckten Armen. In ihrem anschließenden Redeschwall machte sie uns in einer Mischung aus Italienisch und Deutsch auf die Besonderheiten ihres Hauses aufmerksam. Alles hatten wir vergessen, als sie die Tür zu unserem Zimmer öffnete. Ein lichtdurchflutetes Wunderland in Pastellfarben mit üppigen Stoffen, Blümchentapete und einem gläsernen Lüster, vermutlich aus Murano. Gegenüber die offene Tür zu einem schmalen Balkon mit einem gusseisernen Geländer, daneben ein Tisch mit einem Rosenstrauß aus dutzenden von Blüten. Davor zwei gemütliche Ohrenses-

sel. Am Kopfende des Betts ein zusammengeraffter Baldachin, der über der Mitte des Betts von der Decke hing. An einer Wand herrlich bunte Bilder mit Gartenmotiven. *Habbe bäste Zimmer frei für Papa und Tochter.*

Lisa lächelte mich mit feuchten Augen an und flüsterte mit einem zwinkernden Auge:

„Danke, Papa!", dann kramte sie in ihrem Rucksack und setzte Lissi aufs Kopfkissen. Sofort fiel mir auf, dass sie die schwarze Linie der Schnute mit ein paar Stichen korrigiert hatte. Lissi lächelte nun von beiden Seiten.

Gerade als ich ihr Seufzen und mit diesem meinen Namen hörte, hoffte ich, der Traum würde kein Ende nehmen. Dabei fing er in diesem Moment erst an. In diesem Zustand wach werdend, sah ich sie auf dem kleinen Balkon unseres Zimmers stehen. Das Oberteil des Babydolls flatterte im Wind um ihre bloßen Schenkel. Dazu leuchtete die Morgensonne durch jede Masche. Ihr kleiner, mittlerweile fast fraulich gewordener und immer wieder nackt hervorlugender Po bewies, dass dies der einzige Stoff auf ihrer Haut war. Das dazugehörige Höschen hatte sie einfach ausgezogen. Was für eine Provokation. Auf den See links tief unter sich blickend seufzte sie wieder. Gegenüber, auf der anderen Seeseite bildeten die Berge einen monumentalen Hintergrund für das flirrende Lichterspiel. Meine Sicht war besser als auf jedes Bühnenbild. Wahrscheinlich wusste sie über jedes dieser Details Bescheid. Nein, nicht wahrscheinlich, sondern ganz sicher. Sie wechselte das Standbein und der Wind nutzte die Gelegenheit wieder. Spielte mit dem Saum, dem Stoff und den Bildern meiner Vorstellungen. Lediglich der Handlauf des Geländers, gegen das sie sich lehnte, verhinderte noch mehr wehenden Stoff. Aus meinem Kopf verscheuchte ich zwei Bilder, die sich deckungsgleich aufeinanderlegen wollten: Daniela in Riva. Am Fenster über der Piazza stehend. Genauso nackt unter dem gleichen Babydoll. Und an den Blick hinterher in ihrem Gesicht, als sie neben mir lag.

Was ist Verführung? Was ist Wehmut? Wie jung darf ein Mädchen höchstens sein, dass ich gleich ohne schlechtes Gewissen nachgeben dürfte? Welches Schicksal durfte sie allenfalls mitgemacht haben? Allein schon die Hoffnung auf eine großzügige Antwort verbat sich von selbst. Ich richtete mich halb auf und lehnte mich in die dicken Kopfkissen ans Kopfende. Ich genoss den Augenblick ihres Glücks mit meinen noch schläfrigen Sinnen und verabschiedete mich von jeglicher Melancholie. Betrachtete den Rosenstrauß neben der Tür in seiner Vase. Wuchtig, riesig, bis zu mir verführerisch duftend. Würde ich ein Bild von ihm machen, wäre es so real, so dreidimensional, dass ich die dornigen Stängel ergreifen und bei uns zu Hause ins Wasser stellen könnte. So mit Farbe und Intensität waren meine Emotionen durchzogen. Dann drehte sie sich um. Das schönste Erwachen. Lisa schaute mich an und ich sagte nicht besonders väterlich:

„Na, Kleines?"

Langsam löste sie sich von dem Geländer und kam auf mich zu. Krabbelte wie so oft in letzter Zeit zu mir unter die Decke, gab mir einen Kuss auf die Wange und tätschelte meine Brust. Doch als ihre Hand gefährlich weiter nach unten wanderte, hielt ich sie fest. Keine Inflation irreparabler Handlungen. Mit einem Mal warf sie die Decke zur Seite, und ihre nächste Bewegung war zu schnell und schwungvoll und trotz der vergangenen Wochen neu und unvorhersehbar. Der dünne Stoff flog förmlich über ihren Kopf auf den Boden und schon saß sie gleich darauf breitbeinig auf meinem Schoß. Wieder einmal war ich froh um meine Shorts. Trotzdem fühlte sie die zwar verborgene, aber langsam entstehende Re-aktion. Ihr unverhofft genüsslicher Blick schien es zu beweisen. Die Girlande ihrer Zähne funkelte in ihrem lachenden Mund wie angeschlagene Perlen.

„Du machst gefährliche Sachen mit mir!", lachte ich etwas gequält und versuchte mit dümmlichen Bewegungen irgendwas zu revidieren. Sie legte einen Finger auf meine Lippen und lächelte. Plötzlich hatte ihre Stimme, wie am ersten Tag, wieder diesen eigentümlich rauen Klang. Ich hatte ihn fast vergessen.

„An meinem sechzehnten Geburtstag werde ich ohnehin mit dir schlafen, gerade weil ich nicht will, dass ich bloß deine kleine Tochter und du nur mein Papa bist. Sondern ich möchte Lisa sein. Lisa ein Mädchen. Weißt du noch? Lisa von E-lisa-beth? Und ich möchte bleiben können, bei dir, so lange wir es ertragen. – Töchter aber bleiben nicht."

Dann ließ sie sich nach vorne fallen und ihr Gesicht lag an meiner Schulter. Im Gegensatz zum letzten Mal umarmte ich sie nicht. Ihre nackte Haut auf mir hatte schon so eine genügend verwirrende Wirkung. Nun kam ihr warmer Atem dazu. Er roch nach Sommer und frischem Orangensaft. Bei dem Versuch, mich unter ihr zur Seite zu winden, nahm sie meine Hände und legte sie auf ihren Rücken.

„Gott sei Dank fühlst du dich immer ganz anders an als er. Von Anfang an. In allem. Ich hab's auf dem Parkplatz schon gehofft. Du hast anders geguckt als die ganzen Idioten vorher. Das war's, was ich an dem einen Morgen rausfinden wollte. Hätte ich da die gleiche Angst gehabt, wärst du vielleicht mit dem Messer im Bauch aufgewacht und ich weg gewesen. Ich hatte es schon neben mich auf den Fußboden gelegt."

Wieder lächelte ich gequält und küsste sie auf eine Wange, während sie meine Brust streichelte. Als sie meine größer werdende Erregung drängender spürte, rollte sie furchtlos zur Seite und streckte sich ohne weiteren Schutz, von einem türbreiten Sonnenstrahl beschienen, neben mir aus. Vor mir brauchte sie sich nicht fürchten. Sie wusste, dass alles, was sie tun würde, von nun an ihre Entscheidung war. So schaute sie zufrieden an die Zimmerdecke und ich auf sie hinab. Das für mich am ersten Tag elfjährige Mädchen hatte innerhalb weniger Wochen fast das Ziel erreicht sechzehn zu sein.

„Kann man das Zuviel an Glück in Tüten packen und aufheben?", fragte sie zur mir schielend, als ich schon verführt von ihrem Anblick, eine ihrer kleinen Brüste küssen wollte.
Ich zuckte mit den Schultern.

„Warum?", wollte ich wissen und berührte mit meinen Lippen eine ihrer Knospen. Zart wie Vanillekipferl und doch hart genug, um von einer Frau zu sein. Es war wie ein kleiner elektrischer Impuls und ich schob die Decke wieder über meinen Schoß.

„Dann hätten wir zwei von ihm in schlechten Zeiten noch etwas übrig", erwiderte sie ohne auf diese Bewegung einzugehen, „so viel Glück wie ich in den letzten Wochen hatte, gibt es vielleicht nie wieder und dann nehmen wir vom Vorrat und tun uns in ärgerlichen Momenten nicht weh."
Lisa schlang ihre Arme um meinen Nacken und zog mich zu sich hinunter. Ihr Kuss war für eine Tochter zu unanständig, Signora Casti würde uns die Felsen hinunterwerfen, wenn sie davon erführe. Dann fügte sie hinzu:

„Weißt du noch? Vor ein paar Wochen? Genau an diesem einen Morgen? – Als du noch nicht ganz wach warst? – Ja? Also ... ich möchte ... zieh dich aus! Ich mag dich spüren. Deine Wärme. Das Leben. So wie an diesem einen Morgen macht es mir nichts aus."

Sie drehte sich auf die Seite, schaute durch das offene Fenster nach draußen und bot mir ihren Rücken an. Die Perlenkette ihrer Wirbel bildete nur noch sanfte Hügel auf ihm und die dunklen Flecken waren längst verschwunden. Ich setzte zu einem widersprechenden *Lisa!* an.

„Komm! Mach schon! – Sei kein Spielverderber. Nimm mich in die Arme."

Noch ein oder zwei Tage würde ich mich widersetzen können, dann hätte sie sich eine neue Art der Verführung ausgedacht.

„Lisa!", mein Standardeinwand. Er sollte wie ein Nein klingen.

Doch schon tastete sie nach mir. Erwischte meine Hose und glitt über die Beule unter dem Stoff. Tastend und zu lange für eine flüchtige, unabsichtliche Berührung. Ihr kleiner Finger war schon unter ihm verschwunden. Ich umschloss ihre Hand und schob sie auf ungefährliches Terrain. Doch mit der anderen unternahm sie einen zweiten Angriff.

„Komm! Stell dich nicht so an!", hauchte sie, „nur kuscheln will ich."

Statt etwas zu sagen, schüttelte ich den Kopf. Als hätte sie es gesehen, drängte sie sich weiter an mich. In mir flimmerte kurz der alte Verdacht. Hin und hergerissen schlug ich dann doch die Decke zur Seite und schob die Shorts über meine Füße. Ich war bescheuert – und aufgeregt wie ein junger Kerl. Womöglich wie Enzo, als er seine Hose hinunterschob. Ganz langsam nahm ich sie in den Arm, bis wir wieder, wie an jenem Morgen, aneinander lagen. Wahrscheinlich war mir meine inzwischen nasse Erektion peinlicher und ungehöriger als ihr. Denn sie schmiegte sich ohne Scham mit ihrem Rücken und Po an meinen Schoß an. Plötzlich kullerte eine Träne von ihr auf einen Arm von mir.

„Hast du mich ein wenig lieb?", fragte Lisa.

„Mehr als du eigentlich wissen solltest. – Und das hat hiermit nichts zu tun", ich strich ihr ohne weitere Intimität über Bauch und Schenkel.

Lisa atmete gänzlich zufrieden klingend tief durch.

„Das würde Daniela sicher freuen."

„Ganz bestimmt."

Signora Casti Vater und Tochter vorzuspielen, fiel uns dennoch nicht schwer. Lisa genoss die Situation sogar. Während des Frühstücks begann sie jedes Mal von Neuem zu erzählen, wie lieb ich mich seit dem Tod von Mutti um sie kümmern würde. Hinter vorgehaltener Hand flüsterte sie ihr zu, dass ich es wohl manchmal übertreiben würde und schuld daran wäre, wenn sie womöglich ein verzogenes Kind sei. Lisas Kichern war dann der letzte Beweis für das zurückgekehrte Glück nach dem Schicksalsschlag für die Signora, die ihr mit wackelnden Kopf eine Wange streichelte. Im Zimmer stemmte Lisa ihre Arme in die Seite und meinte: *Ich hab damit ja nicht mal gelogen, oder?*

Die Temperaturen waren schon am späten Vormittag auf über sechsundzwanzig Grad gestiegen. Gut gelaunt packte ich unsere Badetasche und wir stolzierten mit einer aufgeblasenen Luftmatratze auf dem Rücken den Berg hinab. Der kleine Sandstrand unterhalb des Monte Preals musste früh aufgesucht werden, um auf ihm noch einen Platz zu ergattern, teilte uns Signora Casti mit erhobenen Finger mit. Wenige Minuten später war Lisa in ihrem gelbrandigen und nach beschützender Begleitung schreienden Bikini ans Ufer gegangen. Ein Blick genügte und ich sah mindestens drei halbwüchsige Augenpaare ihrem verführerisch gewordenen Körper hinterhersehen. Sofort nahm ich die geforderte, väterliche Verteidigungshaltung an und setzte eine ernste Miene auf.

Mehr als ihre Beine kamen nicht ins Wasser. Nach einer kurzen Weile kehrte sie bereits zurück.

„Wenn du mitkommst, traue ich mich vielleicht rein. Aber so ..."

„Zu tief oder zu kalt?"

„Beides."

„Das Meer wäre noch größer und tiefer und ..."

„Ist gut! Ich will da nur nicht alleine sein."

„Da sind sicher jede Menge Fische drin und in spätestens fünf Minuten drei Jungs."

„Eben."

„Na denn."

Ich stand auf und folgte ihr. Keine zwanzig Meter weiter lag ich schon auf dem Rücken im Wasser und schnappte nach Luft. Dabei redete ich mir ein, dass ich die Wassertemperatur jetzt sicher nur falsch einschätzte. Lisa kam langsam nach und entfernte sich höchstens zehn Züge vom Ufer. Ich schwamm zu ihr. Als ich bei ihr ankam, meinte sie:

„Das ist das allererste Mal, und ich sag's nur dir."

„Ich könnte dich auf der Luma ein bisschen durch die Gegend schieben."

„Und dann lässt du mich los und ich werde von diesen Lackeln da gerettet."

Ihr Blick war zu ernst für eine witzig gedachte Antwort. In meinen Sätzen suchte sie etwas Zufriedenstellendes. Einer Ahnung nachgebend sagte ich deshalb:

„Ich versprech, ich lass dich nicht los."

Beide lagen wir bäuchlings nebeneinander auf unserem luftgefüllten Floß. Die drei Halbstarken hatten schon lange das Interesse an ihr verloren und suchten nach einem Ersatz. Dieser war dunkelhaarig und unverschämt dürftig mit einem schwarzen Etwas bekleidet. So schön Lisa und ihr Bikini waren, dieser Konkurrenz konnte sie nicht standhalten. Wir grinsten uns an und drehten mit unserer luftgefüllten Insel eine Pirouette. Egal in welche Richtung wir mit unseren Füßen paddelten, überall waren Berge in gleißendes Licht getaucht. Kein Wunder, dass tausende von Malern immer wieder versuchten dies in Bildern festzuhalten. Der Anblick hatte gleichzeitig etwas einzigartig Herrschaftliches und Behütendes. Als wir allmählich wieder Kurs auf den Strand nahmen, fragte sie mich plötzlich.

„Du? Was ist Liebe denn nun?"

Ich schaute sie an. Ihr Kopf, auf die linke Seite gekippt, lag halb von ihrem Oberarm verborgen auf der Luftmatratze. So musterte mich nur ihr rechtes Auge. Ernst und erwartungsvoll.

„Zuneigung, Vertrauen und – Verantwortung", erwiderte ich nicht sofort.

War von mir und nicht von Kundera, stellte ich stolz fest.

Das Auge lächelte.

„Dann liebst du mich also?", kam es leise hinter dem Arm hervor.

Steine an meinen Knien spürend, schob ich uns auf den Strand. Dann setzte ich mich auf das Polster und schaute auf die andere Uferseite. Die Sonne beschien nun auch dort alle Hänge. Nur ein paar Vorsprünge und steilere Gipfel warfen noch kurze Schatten. Ich tastete nach einer Hand von ihr und drückte sie fest zwischen meinen Händen. Ihre Fingerspitzen waren eiskalt geworden. Ich hob sie in den Fäusten hoch und hauchte meinen warmen Atem auf sie. Lisa rutschte an mich heran und legte den Kopf gegen meine Schulter.

„Ich hab's gewusst. Die ganze Zeit."

Immer noch konnte ich nichts sagen. *Ich hab's gewusst, die ganze Zeit.* Ich habe es befürchtet, die ganze Zeit, wäre von mir als Reaktion ehrlich gewesen. Doch wovor fürchtete ich mich.

„Liebe ist eines der seltsamsten Gefühle!", nuschelte ich vor mich hin.

Ihr Mund berührte meine Schulterspitze.

„Warum?", hauchte sie heikel verwirrend zurück.

„Sie wächst plötzlich ohne Vorwarnung. Unkontrollierbar. Einem Unkraut ähnlich, um über Nacht mit einer betäubend schönen Blüte zu bezaubern, zu fesseln, zu betören und zu verführen", ich ließ die Berge nicht aus den Augen, da ich unfähig war, Lisa anzuschauen. Dass Liebe endlich sein konnte, häufig genug schnell, viel zu schnell verblühte, interessierte sie in ihrem Alter nicht, aus diesem Grund und weil ich selber genug durcheinander war, fügte ich hinzu: „... und weil sie ein Unkraut sein könnte, ist sie manchmal unpassend oder ungewollt. Doch manchmal kannst du sie nicht herausreißen. Sie ist immer da. Tief verwurzelt und treibt schnell auf's Neue heraus. Wer sie vernichtet, vernichtet sich selbst. Weil er nur noch auf eintöniges Gras, Steine, Beton oder Stahl schauen wird. Gras blüht nicht wie Liebe. Aber an Beton oder Stahl kann sie zerschellen. Eine dieser alten Scherben hast du aufgehoben und eingepflanzt. Und nun sitz ich hier, verwundert darüber, was Scherben leisten können."

„Scheiße, ist das schön!", schluchzte sie an meinem Arm.

„Lisa, es ist schön, aber ungehörig. Alles was uns betrifft, unser Leben bisher, das, was ich mit dir getan hab und wir jetzt tun, meine und deine Geschichte. Alles verbietet auch nur einen Tag mehr davon. So wollen es all die anderen und ihre Konventionen. So will es Gesetz und Ordnung. Ansonsten müssten wir abhauen, auswandern, was weiß ich. Oder darauf warten, dass sie vielleicht verblüht."

Ich sah sie an. Ihr Lächeln zwang mich eine Lösung für meinen folgenden Satz zu finden.

„Sobald ich mich um einen Pass für dich kümmern müsste, wäre ohnehin alles vorbei."

„Aber du kannst mich doch jetzt nicht mehr fortschicken oder so?!"

Mit einem Kuss auf ihre Stirn besänftigte ich ihre Ängste und meinte:

„Das ist es ja."

„Und jetzt?"

„Wenn nur Liebe das Leben wäre, wäre das Leben nicht auszuhalten. Liebe ist größer als ein Leben, für viele ein Zuviel an Gefühlen. Es reicht immer zumindest für zwei. Nimm dir ein Wörterbuch und such dir die schönsten Wörter aus. Sie alle beschreiben in ihrer eigenen Weise die Liebe. Liebe ist wie ein Meer, ein Ozean, sie umspült dich, reißt dich mit und manchmal gibt sie dich nicht wieder her. Spätestens dann drohst du in ihr zu ertrinken. Manchmal sturmgepeitscht. Manchmal kitschig mit Sonnenuntergang. Meine hieß Daniela, insgesamt ein viertel Jahrhundert. Jetzt heißt sie ...", ich räusperte mich, von einer Rührung ergriffen, „... klingt ihr Name immer mehr wie deiner."

In ihren Augen glänzten Tränen. Trotzdem hatte ihr Blick etwas Versonnenes.

„Wie das Meer. Das klingt gut. Nichts gegen den See hier, aber da will ich mal hin."

Ich zuckte mit den Schultern und nickte gleichzeitig. *Warum nicht?!* Ich hätte ihr auch erzählen können, was meine Großmutter immer sagte, nämlich Liebe sei wie ein guter Schuhschrank, in ihm ist für jedes Wetter etwas drin. Mal als Stiefel, mal als Sandale. Das mochte stimmen. Es war auf jeden Fall ein versöhnliches Bild. Allerdings hatte ich das Gefühl, dass mir seit dem Unfall zu jener Zeit einige Paare abhandengekommen waren. Nun aber war ich gezwungen neue zu besorgen. Endlich.

Nach einem ausgiebigen Sonnenbad saß sie auf der Luftmatratze und zupfte an ihren Haaren, so lange, bis ich endlich fragte:

„Was ist?"

und sie antworten konnte:

„Wenn wir noch öfter schwimmen gehen, sehen die Haare ganz schlimm aus. Drüben beim Anleger habe ich einen Friseur gesehen, bei dem kann ich selber föhnen, dann kostet es nicht so viel."

Ich lächelte zu ihr rüber.

„Lass ruhig föhnen. Das schafft mein Geldbeutel."

Lisa beugte sich zu mir, klimperte mit den Augen und küsste mich – knapp neben den Mund. Wieder wurde mir warm.

„Danke!", flüsterte sie, „kannst du dir ja denken, ich war schon Jahre nicht mehr bei einem."

„Ist schon gut, Kleines."

Sie verzog das Gesicht, *Kleines!*, stand auf und zog ihre trockenen Sachen an. Dann gingen wir rüber. Angelina, stand auf einem Namensschild, kaum älter als Lisa wirkend und genauso langhaarig, empfing uns mit einem breiten Lachen und Casti-Deutsch.

„Habbe gute Idee schon! Tua raggazina isse gleich schön! Soltanto un'ora."

Ich nickte und kramte in meinen Italienischkenntnissen, doch im Gegensatz zu Angelinas verständlichem Deutsch, fand ich nur ein holpriges *Grazie!*. Dann schlenderte ich zum Anleger vor und setzte mich dort auf eine Bank. Um mich herum sonnenbeleuchtetes Kitschpanorama und *mia raggazina* im Kopf. *Mia.* – Ja!

– Mia Lisa raggazina! Die letzten Tage ließen keine andere Feststellung, kein anderes Gefühl, keine andere Überzeugung zu. Wenngleich ich hin und wieder zweifelte. Der alte Verdacht. Am besten wäre es, gleich hierzubleiben. Doch waren die Gegebenheiten noch nicht darauf eingestellt. Es würde ohnehin schwierig werden. Abhauen. Untertauchen. Verschwinden. Noch besser: in Luft auflösen. *Ist Ihnen überhaupt klar, dass Lisa minderjährig ist? Und dass es sich daher um den Straftatbestand einer Entführung handelt? Paragraph soundso. Und um Missbrauch, wenn nicht sogar Vergewaltigung? Und Behinderung der Aufklärung einer Straftat? – Und können Sie sich, mal ganz abgesehen davon, vorstellen, was Sie dem Mädchen angetan haben? Was ihr psychisch drohen kann. Und ...* und ... und bin ich eigentlich verrückt geworden? Ganz klar im Kopf? Nicht mehr ganz gescheit? Noch zu retten? Hat mich meine jahrelange Sprachlosigkeit völlig aus dem Tritt gebracht? Mochte alles sein. Mochte alles stimmen. Hat sich einer wirklich darum gekümmert, was mit mir nach dem Unfall geschehen war? Es war mir egal. Nach bald sechzehn Jahren hatte ich mein Leben geschenkt bekommen und hoffte keines dafür geraubt zu haben. Schon gar nicht Lisas.

Ihre Haare waren eine ganze Handbreit kürzer, nur noch schulterlang, etwas asymmetrisch geschnitten. Doch nicht nur dies hatte die lachende Angelina verändert. Die Augenbrauen gezupft, ein Lidschatten betonte noch mehr Lisas große, rabenschwarze Augen und ihre Lippen waren von einem dunklen, warmen Rot gefärbt. Und dazu die Sonne als Scheinwerfer. Sie sah umwerfend aus. Und sie war erwachsen geworden. Innerhalb einer knappen Stunde. Das hatte ich bisher nicht geschafft. Aus den Gedanken gerissen, blieb mir nichts anderes als ein ehrlich gemeintes *Wow!* Und:

„Was hast du noch vor?"
„In zwei Wochen werde ich 16. Schon vergessen?"

Am frühen Abend saß sie auf dem Balkon. Die Beine zwischen den gusseisernen Stäben durchgesteckt und von diesen eher eingeklemmt, ließ sie die Füße nach unten baumeln. Hätte ihr Kopf durchgepasst, wäre auch dieser von ihr durchgezwängt worden. *Katzen können das doch auch?!*, maulte sie und kommentierte so, den Oberkörper so weit wie möglich nach vorne gelehnt, überschwänglich die Landschaft, den See, den Tag und ihr neues Aussehen. *Für heute ist alles Schlechte in mir drin ausradiert.* All ihre Worte dafür ähnelten dem duftenden Strauß in der Vase. Neben ihr stand ein Glas Orangensaft oder sollte ich besser sagen: gefärbter Prosecco, den sie mir mit plustrigen Worten abgeschwatzt hatte. Dies gab mir Zeit, an dem kleinen Schreibtisch sitzend, in einem Gedichtband, den ich beim Packen zu Hause unter meine Wäsche geschmuggelt hatte, nach einer Antwort zu blättern, von der ich glaubte, sie ihr noch schuldig zu sein. Tina, die es tatsächlich einmal vor vielen Jahren für kurze und etwas fragwürdig wilde Wochen gegeben hatte, in denen ich trotz ihrer Zügellosigkeit und Offenheit noch nicht fähig war, wenigstens meinen Körper für ein anderes Glück herzugeben, schenkte mir damals den Band zusammen mit einem Brief. Monate später erst, sie war inzwischen irgendwo in die Mitte Deutschlands um-, zurück- oder weggezogen, nahm ich ihre Zeilen wahr. Den Inhalt. Die Emotionen und die da schon längst verlorene Zuneigung.

Vor ein paar Tagen, ein Stichwort genügte, *dich sein lassen*, erinnerte ich mich an die Worte eines Gedichtes, das ich seinerzeit auf einer Seite zwischen drei Lesezeichen, die Tina in dem Bändchen versteckt und die ich nun Jahre später wiedergefunden hatte.

Während Lisa Schluck für Schluck das Glas leer-
trank, ich dabei ihr neues Äußeres nahezu gierig betrachtete und Scherze machte, *gleich kriegste wieder*
'nen Schluckauf, schrieb ich die Worte in meiner
schönsten Schrift auf einen Bogen Papier: *Sehen dass du*
nur du bist wenn du alles bist was du bist[2] und schob das
dann fertige und gefaltete Blatt unter die Plüschpfoten
von Lissi, die auf dem Kopfkissen saß und zufrieden
nach draußen schaute. Dann nahm ich mein Glas und
die halbvolle Flasche und setzte mich neben Lisa. Ich
hatte etwas Mühe, meine Beine durch das Geländer zu
schieben. Gemütlich war's nicht. Ihre Beine waren
zwar fraulicher geworden, aber dennoch um einiges
schlanker. Gut gelaunt schaute ich sie an. Ihr Profil
strahlte vor Glückseligkeit. Mit dieser drehte sie sich zu
mir und ihre Haare gaben es wie ein Theatervorhang
frei. Ich nahm mir vor, mich nicht sattsehen zu wollen.
Gleichzeitig schob sie einen Arm durch die Stäbe und
sagte:
„Ich möcht da vorne eine Hand von dir festhalten."
Da ich nicht sofort verstand, klimperte sie mit den Fingern in der Luft. Amüsiert streckte ich meinen Arm aus
und griff nach der Hand vor der eisernen Brüstung. Unvermutet fest verschränkte sie ihre Finger in meine und
blickte mich an.
„Versuch sie zurückzuziehen."
Ich tat wie befohlen. Natürlich war es nicht möglich.
Sie ließ nicht los und die Stäbe des Geländers wurden
zur unüberwindbaren Barriere.
„Siehste? Klappt nicht. Du hältst mich fest. Wir sind
zu zweit und doch eins. Hier auf dem Balkon und da
vorne vor dem Geländer. Nichts kann uns trennen. Hast
du gewusst, dass nichts auf der Welt alleine bleibt?"

---

[2] Aus dem Gedicht „Dich" von Erich Fried

In ihrem Blick war etwas ungewöhnlich Erwachsenes. Nicht nur, weil sie bei Angelina gewesen war. Gerade verschwand die Sonne hinter der Kuppe und ihr Gesicht erhielt einen rötlichen Schimmer. Es war zum verrückt werden.

„Wie auf der ollen Arche. Wie bei allem um uns herum. Licht und Schatten", sie streckte die andere Hand in die Höhe und fing mit rotglühenden Fingern den letzten Sonnenstrahl ein, „Halme und Erde, Bäume und Äste, Berg und See, du und ich."
Vollkommen dämlich antwortete ich:

„Du bist groß geworden."

„Dank dir. Ich weiß, vor ein paar Wochen hast du mich noch für ein kleines Mädchen und eine Mörderin gehalten."

Auch nach einer halben Stunde hatte sie noch nicht losgelassen. Wahrscheinlich war ihre Hand schon lange genauso taub wie meine. Ich verteilte die letzte Pfütze des mittlerweile warmen Proseccos in unsere Gläser, als Signora Casti von unten vor dem Haus stehend rief:

„Habbe Sie nich Hunger stasera?"

„Doch. Schon", rief Lisa zurück und lächelte mich an, „aber Papa weiß nicht wohin."

„Arbeitet ihr zusammen?", flüsterte ich zurück.

„Komme Sie unten, ich kennen ein gute Spaghetteria."

„Du musst mich jetzt dann loslassen!", hauchte Lisa zu mir hinüber.
Ich grinste und stand auf.

„Also komm!", ich unterdrückte *Kleines* zu sagen und suchte nach einem anderen Wort, einem das den momentanen Gefühlen gerecht wurde, aber alles war übertrieben, passte einfach nicht mehr und erzeugte ein sprachliches Sodbrennen in mir, „dann mal los – Lisa", so wie sie es wollte.

Sie beugte sich über das Geländer und gab Signora Casti *Nur fünf Minuten* Wartezeit an. Die sie zurück im Zimmer dazu nutzte, sich passend zu ihrer Frisur, richtig fetzig schick zu machen: dünne Strumpfhose, das Minikleid mit Ringeln und das passende Haarband dazu. Schnell noch den Lidschatten, den ihr Angelina mit-samt dem Lippenstift geschenkt hatte, etwas korrigiert und schon war sie wieder perfekt geschminkt. Ich hatte die neue Jeans und ein weißes Hemd anzuziehen. Dann erhielten wir die Wegbeschreibung.

Zwanzig Minuten später saßen wir an einem herrlich dekorierten und durch einen Anruf von Signora Casti reservierten Tisch. Mit natürlich einem der besten Blicke auf den See. Diese Masse an Glück wurde mir unheimlich. Immerhin war Hauptsaison und halb Europa schien hier Gast zu sein. Und mir gegenüber saß eine aufregend hübsche junge Dame.

„Kannste mal fragen, wer da singt? Dem seine Stimme kribbelt so schön im Bauch."

„Sicher nicht, sonst willst du noch seine Adresse." Lachen. Eine gekühlte Flasche Bardolino. Die extra große Portion Pasta con Pesto Genovese auf ihrem Teller. Und im Hintergrund, auf Grund ihres besonderen Wunschs, trällerte zum dritten Mal dieser Ligabue. Zunächst dachte ich, ihre Tränen rührten vom Kribbeln im Bauch, doch plötzlich stieß sie das Messer mitten in den Haufen der restlichen Spaghetti, den sie auf ihren Teller aufgetürmt hatte. Das Klack auf dem Porzellan ließ mich und einige andere Gäste zusammenzucken. *Können Sie sich vorstellen, was Sie dem Mädchen angetan haben?* Aber:

„Ich hätte ihn danach doch umbringen sollen. Wie in diesen Vampirgeschichten. Im Schlaf um Mitternacht, einfach das Messer mitten ins Herz gerammt",

Lisa zog die Nase hoch und putzte sie anschließend mit einem Handrücken ab. Ich reichte ihr meine Serviette und streichelte ein Stück Arm, das ich über dem Tisch erreichen konnte, „Mutti hätte es verstanden. Und los wären wir ihn sicher auch geworden. Am besten kleingeschnippelt im alten Ofen. Diese Drecksau."

Sie hatte mit gedämpfter Stimme gesprochen, so dass die Leute sich wieder umdrehten und mit sich selber beschäftigten. Vermutlich hielten sie mich nun für einen Rabenvater, der seiner Tochter einen simplen Wunsch nicht erfüllen wollte.

„Axel", ihre verweinten Augen blickten flehend zu mir rüber, „sei bitte nicht wütend, ich wollte dir nicht den Abend versauen, vergiss es einfach. Da unten war nur ganz kurz ein Kerl, der wie er ausgesehen und hier hochgeschaut hat." In die Serviette schniefend stand sie auf und kam um den Tisch herum. Mit einem Kuss verabschiedete sie sich, um auf die Toilette zu gehen.

„Bin gleich wieder hübsch."

Verlegen nickte ich, trank einen Schluck und stierte ihr nach. Diese Ansicht war es, die mich an Gerda denken ließ, als sie vor der ersten Nacht vor mir auf den Stufen stand. Diese Ansicht war es, die mich verführen konnte. Ich musste mich ermahnen, die Gedanken nicht zu weit fliegen zu lassen. Trotzdem, das Bild, das sie bot, war schlicht schön geworden. Ich schob mein Besteck zusammen und betrachtete den See, der nun begleitet von einer immer dichteren Lichterkette um sein Ufer herum in Dämmerung versank. Wenige Minuten später war die Wasserfläche genauso dunkel und blau wie der Himmel. Lediglich am Rand funkelte sie wie eine weihnachtliche Lichterkette. Ich dachte an Lisas Satz, der mir genug bewies und war beruhigt, dass sie es nicht gewesen war. Dicht bei mir ein Windzug. Ihr Arm umfasste meine Schulter und schon war sie zwischen Tisch und mir auf meinen Schoß gerutscht. Ihre Zunge und Lippen unter meinem Ohr.

„Halt mich einfach eine Sekunde fest!"

Nur ihre etwas dick gewordenen Augen ließen erkennen, dass sie geweint hatte. Sie hatte sich wiederhergestellt. Leicht klatschte sie sich auf den Bauch:

„Keine Sorge, ist alles dringeblieben, ich kotz nicht mehr."

Danach setzte sie sich wieder auf ihren Platz und aß langsam weiter. Meine Frage rutschte einfach so heraus:

„Was ist das eigentlich für ein Messer gewesen?"

W-Frage mit passendem Unterton. Scheiße!

Auf einer Nudel mümmelnd schaute sie mich sekundenlang an.

„Fragst du als Polizist oder Freund?"

Ihre Augen forschten in meinem Gesicht.

„Als *dein* Freund", gab ich zurück und dachte: Liebhaber. So klang es auch.

„Komisch, dass du mich jetzt erst fragst!", erwiderte sie mit vollem Mund, „mein Vater hat es in der Hand gehalten, als er aus der Küche kam. Dann stolperte er, vielleicht im Suff oder wegen der Schramme am Hals oder so und ließ es los. Es ist mir fast auf den Fuß gefallen. Da hab ich es geschnappt und bin weg. Fertig. Mehr war nicht. Der ist dann noch hinter mir her, aber ich hatte ja das Messer. – Du meinst immer noch, ich hab ihn auf dem Gewissen, stimmt's?"

„Nein!", ich schüttelte den Kopf, „seit ein paar Minuten weiß ich, dass du es nicht warst."

Mit schmal gewordenen Augen fixierte sie mich.

„Aber vorher hast du's geglaubt? Oder?"

Es klang fassungslos.

„Vorher wär's ihm recht geschehen, dem Arsch."

Sie grinste stolz.

Die Teller waren leer und Lisa trank den letzten, ziemlich großen Schluck aus ihrem Glas. Sie war leicht beschwipst und ich fast ein bisschen betrunken. Solange ich bezahlte, lief im Hintergrund zum vierten oder fünften Mal dieser Ligabue. Ich spielte den Eifersüchtigen, *Wir gehen jetzt sofort. Hinterher kommt der noch aus den Lautsprechern gekrochen und nimmt dich mit,* und sie lächelte.

Unten am See setzten wir uns auf eine Bank und sahen zu den felsigen Gipfeln hinauf, die in der nahezu sternenklaren Nacht durch das Mondlicht wie gezuckert wirkten. Der Tag hatte sich zwischen Kitsch und Drama bewegt. Jetzt war wieder Kitsch an der Reihe, jedenfalls, was das Panorama vor uns und meine Stimmung betraf. Lisa saß wieder halb auf meinem Schoß, legte die Beine über meine Oberschenkel und lehnte sich mit einer Seite neben mich an die Rückenlehne. Ich wog quasi ein großes Baby in Armen. Ohne Absicht war eine Hand von mir unter dem Minikleid auf einen Schenkel von ihr geglitten. Zwischen ihm und meiner Hand nur ihre Strumpfhose. Wie dünn mochte so ein Stoff sein, dass ich glaubte jede Faser ihrer Haut zu spüren? Mit der anderen hielt ich ihre Schulter fest. Wider Erwarten laut platschten unter uns die Wellen an die kleine Anlegestelle. Ein angenehmes Geräusch und der rote Faden für eine nicht bedrohliche Stille, die meine forschend streichelnde Hand unverdächtig machte. Ein leichter und beständiger Wind wehte den See entlang, aber die Temperaturen waren sommerlich.

Plötzlich hielt Lisa das Papier mit dem Gedicht in der Hand. Unter ihrem Minikleid aus der Strumpfhose oder dem Slip hervorgezaubert und hielt es mir genügend lang direkt unter die Nase. Diesen Duft kannte ich nun. Er war unverwechselbar.

„Hab ich vorhin im Klo lesen müssen. Vorher ging nicht. *Das Zarte und das Wilde.* Das bin ich. Habe ich gleich kapiert, obwohl ich noch nicht alles verstanden habe. – Ist verdammt scheißschön!"

Sie reichte mir das Blatt und küsste mich auf den Mund. Ihre Zunge drängelte, aber ich stupste sie nur kurz. Sie ließ sich wieder gegen meine Schulter fallen.

„Lies es vor! Deine Stimme kribbelt mindestens genauso schön in meinem Bauch."

Mit ihrem Arm um meinen Hals zog sie sich dichter an mich heran und meine Hand rutschte unter den Ringeln auf ihren Po. An meinen Fingerkuppen Frau, Verführung und Einverständnis. Keine drei Sekunden, dann zog ich sie zurück, um den Zettel besser halten zu können. Ihre Zunge und Lippen kitzelten meine Wange.

„… dann ist dieses dich dich sein lassen vielleicht gar nicht so schwer", endete ich.

„Noch mal!"

***

Seit sechs Wochen waren wir nun zusammen. Nahezu ununterbrochen. Nur wenn ich ins Dorf oder auf's Revier fuhr, war ich alleine. Die Gefahr war zu groß, dass dumme Fragen gestellt wurden. Eine Nichte oder anderer Besuch wäre nur für einen Teil der Ferien als Erklärung durchgegangen. Wenn ich aufs Revier fuhr, dann sogar manchmal für einen ganzen Tag, damit ich über das Wichtigste informiert war. Wahrscheinlich würde ich ohne ein Disziplinarverfahren davonkommen. Aber die Mühlen der Justiz mahlten langsam. Trotzdem rechnete mein Chef mit meinem Einsatz spätestens im November, bis dahin sollte ich endlich abschalten und auf keine dummen Gedanken mehr kommen. *Du bist irgendwie immer noch nicht durch, stimmt's?*

Mit Hans ging ich dann drei oder vier Mal ein Bier trinken. Dabei sagte er mir mit einem forschenden Blick, dass man die Suche nach dem Mädchen eingestellt hatte. Er selbst, behauptete er, ging immer noch davon aus, dass der Arsch das Kind umgebracht und verscharrt hat. Nur ihre Leiche habe man noch nicht gefunden. Aber auch das lediglich eine Frage der Zeit. Ich hatte alle Möglichkeiten zur Genüge durchgekaut. Aber inzwischen waren mir jegliche Verdächtigungen egal geworden.

Letzte Woche Mittwoch fuhr ich am Nachmittag zu Gerda. Weniger aus Lust, als eine Pflicht zu erfüllen. Sie hatte wohl schon darauf gelauert. Minuten später lagen wir im Bett und machten es wieder eher mechanisch als mit irgendeinem Gefühl verbunden. Geräuschlos. Lautlos. Wie immer. Liebe war doch eine Maschine und dieses Mal spielte nicht Daniela die Hauptrolle in einer Illusion. Ich hatte in aller Stille genossen. Danach lag Gerda wieder einem Brett ähnlich auf dem Rücken und litt an der üblichen Apnoe. Ihre Brustwarzen hielten wie Wachtürme nach einer Brise Ausschau. Als sie wieder Luft bekam, griff sie neben sich und zupfte ein Kleenex aus der Packung, um sich abzuwischen. Zu meiner Überraschung meinte sie etwas nach Atem ringend:

„Schade, dass du nicht wieder gleich kannst", und griff mir mit der anderen Hand zwischen die Beine. Das hatte sie noch nie gemacht. Bislang war ihr ein nasses Geschlecht zuwider. Mir fiel zu Lisa, die mich gerade eben begleitet hatte, nun Enzo ein und musste lachen. Erklären konnte ich es Gerda nicht. Sie wertete es als Ansporn und wurde belohnt. Kaum zwanzig Minuten später taten wir es ein weiteres Mal und ich dachte ein drittes Mal an Lisa. Ich kam mir unsagbar schäbig vor.

Zum Glück hatte ich bei Gerda nie etwas anderes als einen großen Fleck im Laken hinterlassen. Er ist nichts Bleibendes, der ist folgenlos, denn er ist auswaschbar.

Zu Hause fiel mir Lisa freudestrahlend um den Hals. Eine Szene aus Liebesfilmen. Aber im gleichen Moment zögerte sie. Ein kurzes Verharren und Innehalten.

„Du warst wieder bei ihr. – Bei Gerda. – Dein Haar riecht nach ihr."

Ich war zu verwundert, um zu protestieren. Langsam glitt sie wieder auf die Füße. Ihre Augen waren feucht. Trotzdem versuchte sie ein Lächeln und zog mich an einer Hand. Öffnete die Badezimmertür und stolperte, mich im Schlepptau, ins Bad hinein. Neben der Wanne stehend fasste sie an meine Gürtelschnalle, öffnete sie und zog das Ende des Lederriemens durch. Zielbewusst und schnell. Zu spät reagierend hielt ich ihre Hände fest.

„Lisa, was machst du? Das ist verrückt. Ich verlange nichts von dir."

„Du hast mit ihr geschlafen, weil du es mit mir nicht kannst. Ich will es, ich möchte dich an mir spüren und ich möchte, dass du nach hier, nach uns, nach mir riechst."

„Das geht nicht, Lisa."

„Bitte, sag jetzt bloß nicht Nein!", ihre Stimme hatte wieder den seltsam rauen Klang. Dann bückte sie sich, drückte den Stöpsel in den Abfluss und öffnete die Wasserhähne. Sie deutete auf die volllaufende Wanne, „das da ist jetzt das warme Meer, in das ich immer schon mal reinspringen wollte. Das da ist noch größer als der Gardasee. Es ist größer als alles, was ich bisher kennenlernen durfte. Ich will auch dies mit dir zusammen ..."

Schnell zog sie ihre Kleidung aus. Häutete, schälte und entpuppte sich. Streifte ihre Kleider larvengleich, wie eine Hülle ab, um mich zu betören. Um zu beweisen, dass sie ein Schmetterling werden würde. Einer, der schon längst in meinem Bauch flatterte. Dann drehte sie sich zu mir.

„Zieh das Ding aus!"

„Ich kann die doch als Badehose anlassen", wendete ich ein.

Sie ging nicht darauf ein.

„Ich möchte, dass wir wie Delphine sind."

Ich hätte jetzt alles andere tun müssen, lachen und vernünftig sein, mit ihr sprechen und sie trösten. Aber mir fiel kein Argument ein, nichts, was gegen ihr Vorhaben hätte sein können. Vielleicht suchte ich auch keines und war viel zu aufgedreht, weil ich in mir längst etwas spürte, was ich einfach nicht wahrhaben wollte. Immerhin war dieses Tun kein absolutes Neuland. Am Gardasee waren wir uns schon gefährlich nahegekommen. *Können Sie sich, mal ganz abgesehen davon, vorstellen, was Sie dem Mädchen damit angetan haben?* Während Lisa schon nackt in die Wanne rutschte, schob ich abgewendet von ihr den Schlüpfer meine Beine hinunter.

„Und jetzt setz dich hinter mich."

Es war nicht das Meer, sondern das Bild, das sie davon hatte. Ein Bild von einem Strand irgendwo am Mittelmeer. Ein kleiner, weißumrandeter Ozean aus Zitronensaft, Rosmarinöl und Blütenduft, weil sie den Inhalt kleiner Fläschchen und Tütchen ins Wasser leerte. Nachdem ich eingestiegen war, hockte sie sich zwischen meine Beine und lehnte sich an meine Brust. Den Kopf an meine linke Schulter. Nach einer Weile schob ich eine Hand in meinen Schoß und versuchte die nun doch größer gewordene Erregung von mir zu verbergen. Sogleich zog sie meinen Arm wieder zurück und schmiegte sich noch mehr an mich, ihren Kopf dicht neben meinen Kopf. Wange an Wange. Ihr Po viel zu nah an meinem Unterleib. Ihre Idee, eine Frau für mich zu sein.

„Ist in Ordnung. Irgendwann sollte ich mich daran gewöhnen, bevor ich das Leben mit nutzloser Zeit vertue."

Sie glitschte auf mir ins Wasser. Tauchte unter – wie ein Delphin. Viel Platz hatte sie in der engen Badewanne dafür nicht. Wieder eine Variante eines gefährlichen Spiels. Kaum dass sie untergetaucht war, kam sie eine Fontäne prustend nach oben, um gleich wieder in ihrem Meer zu verschwinden. In der einen Sekunde kicherndes Kind, in der nächsten leidenschaftliche Frau. Mit meiner rechten Hand hatte ich ihre Schulter festgehalten, um ihre Bewegungen etwas zu bremsen. Nun glitt ich mit den Fingern langsam von dieser herunter über die Knospe ihrer rechten Brust, die wie ein Kieselsteinchen auf einem Dotter saß. Trotz Gerda ein fast vergessenes Gefühl. Lisa verharrte und ich spürte die Energie, die sie aufwand, um diese Berührung auszuhalten. Obwohl sie sicher eine ähnliche provozieren wollte. Wenige Sekunden später tauchte sie wieder ab.

Ich weiß nicht, was ihr Plan war, aber nach einem Dutzend Mal hielt ich sie fest und sie verstand sofort. Fühlte alles, was sie ohne Gewalt kennenlernen wollte. Legte nun voller Absicht meine Hände auf ihren Bauch und ihre Scham, stemmte ihren zwar schmalen, aber inzwischen ein wenig fraulicheren Körper mit ihren Füßen gegen meinen Unterleib und rieb ihren Rücken an meinem Schoß. Mein Versuch, wenigstens halbwegs Gerda nachzuahmen, scheiterte in diesem Moment. Trotz allem blieb mir Lisas Zittern nicht verborgen. Nicht nur ihre Neugier, sondern Schmerz und die alte Furcht mit ihren Bildern waren darin enthalten. Und ich Blödmann war nun Bestandteil davon. Aber sie drehte sich nur um und küsste mich.

Am folgenden Sonntagmorgen, ich lag noch in meinem Bett, dudelte Musik durchs Haus. Der Sänger Marke Reibeisen. Mein schläfriger Kopf versicherte, es wäre Italienisch. Ich lächelte in mich hinein und wartete darauf, dass es auch bei mir zu kribbeln anfing. Plötzlich stand Lisa in der Tür. Lehnte sich an den Rahmen. Wieder mal nur im Babydoll. Ich blinzelte zu ihr rüber. An einem Arm hing das kleine Abspielgerät, das ich ihr für ihr Zimmer geschenkt hatte. Ligabue knarzte mit seiner rauen Stimme aus dessen Lautsprechern. Versonnen strahlte sie mich an. Kämmte ihre Angelina-Frisur hinters Ohr und stützte den Kopf an die hölzerne Wange.

„Ich hab ihn endlich gefunden", meinte sie in einem Ton, als sei ihr ein Stein vom Herzen gefallen, „und gleich runtergeladen. Musst du doch zugeben, klingt gut, oder?"

Ich schmunzelte sie an und drehte mich auf die Seite. Langsam hob sie den Arm und klemmte sich den Recorder vor den Bauch. Der Babydoll war mitgewandert und gab ihren nackten Schoß preis.

„Keine Verführung am frühen Morgen!", flüsterte ich, wedelte ermahnend mit einem Finger und zeigte dann mit ihm auf ihren kleinen Busch.

„Aber erinnern dürfen wir uns?! Ich hab von solchen noch nicht allzu viele, die Erinnerungen wert wären."

„Roggmann hat's mir schon gesagt. In vier Wochen bin ich wieder mit dabei. Erst im Innendienst und dann wird man sehen."

„Erst im Oktober?"

„Eigentlich war sogar November angedacht. Ich nehme vorher meinen ganzen Urlaub und fahr mal richtig weg. Hab ich seit Jahren nicht mehr gemacht.

Wird mir guttun. Sagt jeder. Die paar Tage vorletzte Woche waren der beste Beweis."

Hans nickte zustimmend mit dem Kopf und trank einen Schluck. Eine Fliege verscheuchend blinzelte er in die Sonne.

„Ich wüsste nicht, dass du schon mal länger weg gewesen bist, ich glaub nur ein, zwei Mal in Italien", meinte er und trank nun sein Glas Bier auf einen Zug weg. Als er es leer absetzte, ergänzte er, „den Höggerlhof haben wir mit all seinen Ungereimtheiten auch zugemacht."

Den Kopf gesenkt schaute er mich über eine nicht vorhandene Brille an. Irgendwie prüfend. Ich reagierte nicht. Er mochte es wohl anders erwartet haben. Denn er lehnte sich zurück, sah mich weiterhin mit schmalen Augen an und verschränkte die Arme hinter dem Kopf. Zwei Tischreihen weiter lief unser flottes Serviermädel vorbei. Sein Blick nun zu ihr, zur Seite gewandt, begann er von Neuem. Diesmal wollte er wohl kein Blatt vor den Mund nehmen und meinte:

„Eine ganz komische Sache ist das. Zwei Leichen, eine Vermisste, nur eine gefundene Tatwaffe. Ok, auch ein möglicher Tathergang und auch passende Umstände. Aber manchmal glaub ich, mittlerweile, ja, seh ich regelrecht, wie unsere kleine vermisste junge Dame selbst in die Küche kommt, sieht, was ihre Eltern treiben und sie aus Eifersucht oder so zum Messer greift. Keine Ahnung. Ist seit ein paar Tagen nur so'ne komische Idee. Mir fehlt höchstens ein Motiv. Wär doch irre, wenn sie was mit dem Alten hatte. Wie'n Flittchen. – Ich hab nochmal mit dem Lehrer gesprochen. Zeugnis, Abschluss, alles klar. Kennen wir. Aber sie war wohl ein bisschen biestig oder sagen wir mal, seltsam ... und das nicht nur in den letzten paar Jahren. Also nichts dabei, was so was ausschließen würde."

Am liebsten hätte ich ihm alles Mögliche entgegnet. Dass seine Fantasie wohl ein wenig durchginge, er bizarre Vorstellungen hätte, aber jedes Wort, das mir dazu einfiel, drohte von vornherein zu viel zu sein. Die letzten Wochen hatten mich vorsichtig werden lassen. Meine Antwort bestand daher aus einem Räuspern, einem möglichst beiläufigen Schulterzucken und:

„... was soll ich sagen? Ich werd dir nicht groß helfen können. Ich kenn ja die ganzen Details nicht besonders. Technisches K.O. meinerseits."

„Roggmann hat dir doch 'ne ganze Menge erzählt? Dachte ich jedenfalls."

Ich verzog nur verneinend das Gesicht.

„Weißt du, dass jemand – also außer uns Bullen – in der Zwischenzeit da gewesen sein muss?"

Nun war ich doch verblüfft. Das war mir wirklich neu. Lissi, die ich mitgenommen hatte, reichte in meinen Augen nicht, um eine Affäre daraus zu machen.

„Wir haben von jeder Ecke, jedem Zimmer Aufnahmen gemacht, logisch, aber jetzt können wir ein Fotosuchspiel starten. In zwei Zimmern fehlen Dinge."

Hans sah meine Überraschung und ich lief Gefahr, mich zu verplappern. Wir begannen gleichzeitig zu sprechen.

„Zum Beispiel in ihrem Zimmer ...", sagte er.

„Habt ihr das Haus nicht versiegelt?", versuchte ich mich zu retten.

„... fehlt ein Stoffhase. Der saß auf dem Bett. – Natürlich haben wir alles dichtgemacht. Aber bei der Bruchbude ...", er hob die beiden Arme in die Höhe und ließ anschließend die Handflächen auf die Tischfläche fallen, „... musst du kein großer Künstler sein. Ist auch egal. In der Wohnung war nichts Wertvolles, nichts, was man hätte groß brauchen können. Ich hätt' es ja verstanden, wenn die Reste aus dem Kühlschrank oder vom Vorrat verschwunden wären. Dann hätte jemand

Hunger gehabt. Aber wer sollte einen dämlichen und so verdreckten Stoffhasen klauen? Außer sie selber."

Sein Blick war eine einzige Herausforderung. Langsam antwortete ich:

„Den habe ich auch gesehen", gleichzeitig spürte ich das Glatteis unter meinen Füßen und brach ab.

„Wenn du Kinder hättest", lachte er, „würde ich sagen, den hast du brauchen können und mitgenommen, als du da warst."

„Oder sogar das Mädchen und das verstecke ich seitdem bei mir", trat ich die Flucht nach vorne an und setzte mein bestes Grinsen auf.

„Genau! Würde ja die nächtlichen Schreiattacken bei dir zuhause erklären."

Die Bedienung, eine blutjunge, etwas gefährlich eingepackte Abiturientin oder Studentin, die nun sogar bei uns, fernab städtischer Freizügigkeiten, die sommerliche und vor allem dörfliche Biergartensaison mit einer optischen Provokation versah, stellte glücklicherweise ein weiteres Bier vor Hans ab und meinte frech in sein lachendes Gesicht:

„Gestern Abend warst du nicht so gut zu haben."

Rettung aus erster Hand, obwohl sie sich sogleich wieder umdrehte. Während Hans ihr und ihrem schwingenden, nur von einer dünnen Leggins verhüllten Po mit zusammengepressten Lippen, mehr als nur anzüglich hinterherschaute, purzelten meine Gedanken durcheinander. Nicht wegen der offenherzig verhüllten Schönheit, sondern hatte Hans tatsächlich etwas mitbekommen? Immerhin hatte er in den letzten Wochen nie vorbeigeschaut. Wurde ich etwa beobachtet? Wenn ja, wie kamen sie auf mich? – Wir hatten die Läden zu selten zu, fiel mir ein. Ich blickte der Bedienung nach, sinnierte über deren Satz und kombinierte mutig, für jede Ablenkung dankbar:

„Schwierigkeiten zu Hause?"

„Wie kommst du denn da drauf?"

„Der Hintern da ist viel zu schön, um nicht gut gelaunt zu sein. Du guckst ihr nämlich so verkniffen hinterher", schlussfolgerte ich aus seinem Blick.

„Blödmann!", es klang unnötig scharf, „tut mir leid, keine Schwierigkeiten. Nur noch 'n Kind. Anfang Februar. Also keine ruhigen Nächte mehr, keine Wochenenden mit Grill und Freunden, keine Reisen und vermutlich monatelange Enthaltsamkeit. Scheiße, dabei hatten wir gerade unseren Rhythmus gefunden. Außer abends vielleicht noch 'n Bierchen mit dir, mehr wird dann wohl nicht mehr drin sein. Ausgerechnet über den Sommer. Willkommen im Kloster."

„Na, na, keine Beschwerden, Freude sieht anders aus. Ein drittes Kind ist doch ..."

„... leider auch eine Spaßbremse. Wir hatten letzte Woche auch noch einen Hauskauf perfekt gemacht. Mit schöner Terrasse, Zimmer für die anderen Zwei und meine Hobbys und so weiter. Jetzt heißt's umplanen und was weiß ich."

Mögliche andere Gefahren schienen gebannt. Demnach war ich vielleicht doch nicht Quell seiner schlechten Laune und wagte mich aus der Deckung.

„Was fehlt noch? Du hattest von zwei Zimmern gesprochen?"

„Fotos. Zwei Stück. Auf unseren Bildern unglücklicherweise nicht besonders gut erkennbar. Nimmt man im Grunde auch keine Rücksicht drauf. Wir wollen ja nur die Situation festhalten und kapieren. Aber eindeutig ein Kinder- und ein Babyfoto unserer kleinen Vermissten. Auf dem einen wird sie zwölf, dreizehn Jahre alt gewesen sein. Lange dunkle, wahrscheinlich schwarze Haare, schmales Gesicht. Nix Trauriges oder Entsetztes in ihren Augen. Überhaupt nicht. Eine Göre mit Kulleraugen. Wie auf dem Schulfoto, das mir der Klassenlehrer gezeigt hatte. Standen in der ganzen Unordnung zwar billig, aber fein säuberlich eingerahmt auf einem Hocker neben 'nem Bett. Linke Seite. Würde mich nicht wundern, wenn es, wie in anderen Schlafzimmern auch, das vom Hartbauer war. – Für mich alles ganz schön seltsam. – Von uns hat die Bilder auf jeden Fall keiner."

In diesem Fall konnte ich mich auch ausschließen. Enzo war mein erster Gedanke. War also doch mehr als nur Hose runterschieben, denn Lisa hatte in den letzten Tagen absolut keine Chance gehabt, irgendwas aus dem Haus zu holen.

„Hm, aber wo soll sie sich aufhalten deiner Meinung nach? Muss ja dann in der Nähe sein. So viele Möglichkeiten gibt es in unserer Gegend ja nun nicht. Die Scheunen sind heutzutage alle abgeschlossen. Und dieser Junge? Ihr Freund, von dem du erzählt hast?"

„Nichts. Null. Niente. Nada. – Wir haben uns erlaubt ihn ziemlich scharf ranzunehmen. – Du wirst lachen, so einer wie du, mit 'nem Haus im Nirgendwo, ist ideal. Bei dir stimmt nur die Entfernung nicht. Außer ...", er brach in Gelächter aus, „... ihr zwei macht gemeinsame Sache."

„Klar, ich mach mich jetzt auch noch an so junge Dinger ran. Hab das scharfe Persönchen in einer Disco kennengelernt, kill den Vater und hops mit ihr in die Kiste. Ne, Danke! Tina und Gerda reichen mir vollkommen. Da könntest du doch genauso gut in Frage kommen, weil du sie längst geschnappt hast und bei dir zu Hause im Keller versteckst. Von wegen drittes Kind."

Ich versuchte einen verärgerten Blick und Hans tippte sich an die Stirn.

„Wohin fährst du denn in deinem Urlaub?", war seine Antwort.

Blitzeis.

„Dahin wo's Wasser gibt. Irgendwo ans Meer. Jesolo. Bibione. Keine Ahnung. – Will mit dem Auto hin. Wenn's mir da nicht gefällt, kann ich dann weiter. Auf die andere Seite."

„Hmh", Hans war abgelenkt, die Biologiestudentin stellte dieses Mal mir ein weiteres Glas hin und zeigte dabei, wozu die Evolution in den letzten tausenden von Jahren fähig gewesen war. Hans' Augen ersetzten nahezu seine Hände. Ihren Weg zurück ins Wirtshaus begleitete er unverhohlen mit verdrehtem Kopf. Umso mehr erstaunte mich wieder seine Frage.

„Alleine?", hörte ich ihn.

Das Mädel ging durch die Schwingtür und ich zeigte lässig mit einem Finger auf sie.

„Soll ich sie fragen?"

Langsam wendete er sich wieder mir zu. Die gleichen schmalen Augen wie vor wenigen Minuten fixierten mich wieder. Eine Wolke schob sich kurz vor die Sonne.

„Du hast doch Auswahl. Tina, Gerda und – ja, vielleicht auch die."

Sein Kopf zuckte zur Tür.

„Mein Gott Hans, dich muss es ja schwer getroffen haben. Ich will meine Ruhe. In den letzten Jahren ist in meinem Leben verdammt viel danebengegangen. OK, an den meisten Dingen bin ich selber schuld. Und der ganze Mist der letzten Wochen ist unter Umständen der entscheidende Fingerzeig gewesen, noch etwas ändern zu können. Wenigstens das will ich versuchen. Dann sieht man weiter, wie Roggmann sagt. Freu dich auf dein Kind, deine Familie, dein Haus. Das ist verdammt viel mehr, als ich habe. Außer meiner Miniwaldvilla hab ich nichts von alledem vorzuweisen. – Ja?"

„Pass auf, dass du dich nicht verfährst!"

Sein Polizistenblick hatte sich mit einem Mal in Luft

aufgelöst. Jetzt war er wieder Hans und lächelte. Trotzdem stand sein letzter Satz nicht nur als irgendeine freundschaftliche Empfehlung zwischen uns. Jetzt war ich es, der mit schmalen Augen mein Gegenüber musterte. Schon lange nicht mehr nur ein Kollege, sondern auch Freund. Trotzdem hatte ich keine besondere Lust dabei für ihn Forschungsarbeit zu leisten. Unter Umständen bildete ich mir sein mögliches Wissen auch nur ein. Wir kannten uns zu lange, als dass wir um den heißen Brei herumreden müssten. Wäre da was gewesen, hätten sie doch schon längst auf der Matte gestanden. Ich beschloss unseren Männerabend zu beenden. Die Zeit war fortgeschritten genug und getrunken hatten wir beide reichlich. Noch ein Bier mehr und wir hätten uns beide gegenseitig in Gewahrsam nehmen können.

„Kerl, ich hab's noch ein Stück weiter als du. Ich geh rein und bezahl bei der Hübschen. Heute bin ich dran. Kein Widerwort. Dafür krieg ich 'ne Einladung in dein neues Wohnzimmer. Vielleicht bring ich die da dann mit. Ich frag sie mal."

Ohne seine Antwort abzuwarten, war ich bereits aufgestanden und auf dem Weg zur Tür. Hinter mir hörte ich nur ein kurzes Brummen. Es konnte alles bedeuten. Drinnen konnte ich meinen letzten Satz, den ich ohnehin nicht ernst gemeint hatte, aus meiner Vorhabenliste streichen. Die tätschelnde Hand auf ihrem Po duldete das Girl nicht nur gönnerhaft. Das Mädel hatte eine Liebschaft. So hünenhaft groß, dass selbst das kleinste Gespräch mit ihr nicht ratsam gewesen wäre. Aber das Trinkgeld nahm sie so kommentarlos hin, dass ich meinen Senf loswerden musste.

„Danke ist ein schönes Wort, *ich* wollt's wenigstens gesagt haben."

„Ich werd gegebenenfalls mal dran denken. Aber sag dem da draußen, dass ich ihm beim nächsten Mal das

Bier über den Kopf leere."

„Ich will gar nicht wissen, was passiert ist", erwiderte ich ahnend.

„Es hat gereicht."

Ich tippte an meine Stirn, schnippte den Geldschein, den ich auf die Theke gelegt hatte, in ihre Richtung, und ging ohne Gruß wieder nach draußen.

„Einen schönen Gruß von ihr. Du sollst deine Finger bei dir lassen."

Hans machte ein Gesicht und eine wegwerfende Bewegung mit der Hand.

„Berufsrisiko. Nach drei oder vier Bier muss sie in so 'nem Outfit und mit dem Hintern damit rechnen. War doch nicht mehr als 'n Klaps. Die Hartbauer konnte sich ihr Schicksal auch nicht aussuchen. Wenn's stimmt, was der Doc sagt."

„Sonst hast du sie aber noch alle? Oder?"

„Du denn?", sein Kopf wackelte erwartungsvoll.

Ich tat ihm nicht den Gefallen und er stand auf. Die folgenden Schritte beruhigten unsere Gemüter. Am Tor zum Biergarten unterhielten wir uns noch eine Weile über Absichten, Zukunft und nun ungültig gewordene Pläne. Der Nachzügler gehörte somit eindeutig nicht in die Vorhaben von Hans und Silvia. Auch nicht zu den Zielvorstellungen bezüglich seiner Karriere. Als gewöhnlicher Dienstgrad bei der Vollzugspolizei wollte er noch nie enden. Sein Alter, er ist über acht Jahre jünger als ich, erlaubte ihm zumindest solche Gedanken. Innerhalb dieser Minuten gelangte ich zu der Überzeugung, dass er seine ganzen Sprüche vorhin aus Frust abgeladen hatte und nichts mit einem Wissen um meine Situation zu tun hatten. Dennoch zog ich es vor, von mir nicht mehr allzu viel preiszugeben. Denn seine Gabe als Freund und kleiner Kommissar, neugierig Fragen zu stellen, wollte ich nicht unterschätzen. Und als

Beobachtungsposten vor meiner Waldvilla brauchte ich ihn auch nicht.

„... und du gehst jetzt noch zu Gerda?"

Ich schüttelte den Kopf.

„Bierfahnen mag sie nicht besonders. Die hatte ihr Verflossener zur Genüge. Wir sehen uns sowieso meistens nur mittwochs, so witzig das auch klingen mag."

„Manchmal hast du sie wirklich nich mehr alle! Oder ihr. Egal wie man's nimmt. Dann mach's mal gut und lass dich noch mal sehen, bevor du entfleuchst."

Im Haus war es still. Auch nachdem ich Lisas Namen gerufen hatte. Inzwischen kannte ich einige mögliche Gründe. Einer war mein alter großer Kopfhörer, mit dem sie in einer Schmerz bereitenden Lautstärke ihre Lieblingsmusik hörte. Obwohl sie Englisch in der Schule gehabt hatte, mochte sie ausschließlich deutsche Gruppen und deren Texte. Gefühle, Träume und unsere Welt waren so besser zu verstehen.

Leise ging ich die Stufen nach oben und hörte schon nach den ersten Tritten das Gesinge unter den Ohrmuscheln hervorquellen. *...du kannst die Schatten besiegen, weil die Sterne dir viel näher sind...* Vor ein paar Tagen hatte ich ihr eine CD der Gruppe Luxuslärm mitgebracht. In dem Einkaufszentrum auf der anderen Seite dudelten in der Musikabteilung deren Lieder im Hintergrund, als wir noch ein paar Sachen einkauften. Ihr gefielen die Songs. Ich fragte nach und kaufte heimlich die CD, während sie eine Jeans anprobierte; eine Nummer größer wieder. Durch den jetzt überdrehten, tatsächlichen Lärm konnte man es allerdings nicht als Musik bezeichnen. Obwohl ich Lisas Geschmack ansonsten teilte. Sie lag mit geschlossenen Augen auf dem Sofa und wippte mit den Füßen. Ein paar Augenblicke lang war ich ihr Publikum und beobachtete sie. Unschlüssig darüber, wie ich sie sehen sollte, als Mädchen, Frau, Tochter oder doch potentielle Geliebte. Während sie den Text laut und schräg mitsang. Fast am Ende des Songs klimperte sie mit den Augen und sah wohl meinen Schatten. Der Kopfhörer flog durch die Luft und sie fast vom Sofa. *Du musst kein Sieger sein, mach dich nie wieder klein*, schepperte es noch aus den beiden kleinen Lautsprechern, dann drückte sie auf Stopp.

„Gott, hast du mich erschreckt!", japste sie mit ihren Händen auf der Brust.

Ich versuchte zu lächeln. Obwohl ich im Wagen darüber nachgedacht hatte, wie ich mit ihr darüber reden könnte, war mir nichts anderes eingefallen als:

„Enzo war wohl auf dem Hof."

„Was?"

„Er hat wohl anscheinend Bilder von dir im Schlafzimmer stibitzt", bei der Vorstellung darüber, wie ein junger Kerl sich ein Andenken von seiner Angehimmelten organisiert, musste ich schmunzeln, „die standen dort auf einem Hocker neben dem Bett."

„So ein Quatsch, von mir gibt es keine Bilder."

„Bitte?"

„Schon gar nicht im Schlafzimmer. Wie kommst du denn auf so einen Schwachsinn?"

Schlagartig wurde mir schwindelig und ich ließ mich neben sie auf's Sofa sinken. Dabei kickte ich die Schachtel mit dem Monopoly durchs Zimmer. Ohne im Biergarten eine Ahnung davon gehabt zu haben, hatte ich einen Test bestanden. Ich war versucht, aufzustehen und sofort die Läden zu schließen, die Koffer zu packen und mit Lisa abzuhauen. Eine leichte Panik stieg in mir hoch. Hans hatte heute Nachmittag mehr aus mir herausbekommen wollen. *Bei dir da draußen geht es ja richtig ab.* Sein forschender Blick dabei und das Gequatsche, *Würde ja die nächtlichen Schreiattacken erklären,* vielleicht auch nur Jägerlatein. Oder sie hatten den alten Mann gesucht, von dem ich gesprochen hatte und waren ins Leere gelaufen. Und nun sollte er die Quelle meines Wissens herausfinden und war wahrscheinlich auf alle Antworten vorbereitet gewesen, aber nicht auf die, die ich ihm gegeben hatte: *Und wo soll sie sich aufhalten deiner Meinung nach.* Unwissentlich hatte ich gut reagiert. Lisa sah nur mein irres Kopfschütteln und wie ich mir die Haare raufte.

„Was is'n los?"

„Lisa, ich glaube, sie werden bald einen Verdacht haben, wo du bist. Jetzt wird's Zeit, dass ich uns einen Ausweg organisiere."

***

Das alles ist nun vorbei.
Für immer.
Ich werde nichts vergessen.
Kein Detail.
Nicht ihr Aussehen am ersten Tag und nicht das am letzten.
Nicht ihre großen Augen, die mich vom ersten Tag an sprachlos machten und für mich immer nur wunderbare, schöne, rabenschwarze, große Augen blieben, trotz der unzähligen Wörter in meinen Büchern.
Nicht ihre Stimme. Nicht die Traurigkeit. Ihre Erschütterung, Verletzlichkeit und Verzweiflung. Das blinkende Messer. Das Blut an ihren Schenkeln. Ihre Ohnmacht. Den Schmerz und wieder den Schmerz. Aber auch nicht ihre kindliche Freude. Selbst bei jeder Unwichtigkeit gezeigt.
Mit diesem unvergleichlichen Lachen.
Und ihre Kraft.
Und ihren Mut.

Und ihre Neugier.

Und ihre Verwunderung.

Ich bin stolz, dass sie mich an ihrem Kampf hatte teilnehmen lassen, dass sie mich für diesen ausgesucht hatte. Und ich bin froh, nicht nachgegeben zu haben, nicht mehr als sie erlaubte, beziehungsweise gewollt hat, wenn sie mutige Schritte unternahm, um eine Frau zu werden.

Ich bin davon überzeugt, zusammen hätten wir eine Zukunft gehabt.

Und wenn ich Lisa jetzt so betrachte, ist das Wort hübsch nicht mehr ausreichend. In ein paar Wochen, wäre sie nicht nur körperlich eine schöne junge Frau gewesen. Immerhin hat sie in unserer gemeinsamen Zeit über sechs Kilo zugenommen. Ihr Busen, von dem sie hoffte er würde es tun, ist zwar nicht mehr sonderlich gewachsen, aber ihre Hüften und das Gesicht haben alles Mädchenhafte verloren und damit einen weiteren Teil der Vergangenheit abgestreift. Wie ein Schmetterling, der aus der Puppe schlüpft. Am Ende ihres Rückens waren nun sogar zwei Grübchen über ihrem Po zu erkennen. Fast wie bei Gerda. Bevor ich heute Morgen in die Stadt gefahren war, schlüpfte sie wieder einmal unter meine Decke und schmiegte sich mit aller Selbstverständlichkeit nackt an meinen Körper. Wir taten nichts anderes als zu kuscheln. Ohne dabei Vater und Tochter zu spielen Ohne an den Altersunterschied zu denken. Später drehte sie sich um und legte ein Bein über mich, so dass ihr Schoß direkt an meinem lag. Hatte ich am dritten oder vierten Morgen noch heftige Erektionen, so habe ich dies nun unter Kontrolle. So gut es geht. Lisa ist trotz aller Aussagen über die Liebe nicht meine Frau. Nur eine Geliebte zu sein, wäre ohnehin etwas zu billiges für sie.

Vorhin bin ich aus der Stadt zurückgekehrt. Mit zwei Tickets in den Süden. In die Nähe von Monopoli bei Bari. Sie hätte gelacht, wenn sie den Namen gelesen hätte. Das Reisebüro zeigte mir einen Prospekt mit Ferienhäusern, an einem Traum von Meer. So wie sich Lisa es immer vorgestellt hat. Weit, blau und bei jedem Wetter verführerisch glitzernd. Ich sah sie schon wieder mit ihrem Bikini den Jungs da unten den Kopf verdrehen und als vermeintlicher Vater hätte ich natürlich fein säuberlich darauf geachtet, dass keiner von ihnen glaubte, eine Chance zu haben. So wie an dem kleinen Strand südlich von Limone, als die vielleicht Zwanzigjährigen meinten sich mit schwellender Brust erfolgreich einschmeicheln zu können.

Jeden Tag wäre ihre Lieblingsspeise auf dem Tisch gestanden, Spaghetti mit Pesto oder irgendeiner Tomatensoße. Wir hätten auf unserem Balkon sitzend ein Gläschen Prosecco getrunken und dabei die Wellen hypnotisiert. Statt ins blöde Fernsehen zu gucken, hätte ich ihr abends aus der Unendlichen Geschichte vorgelesen oder Liebesgedichte von Erich Fried oder Djians Betty Blue und auch Kunderas Unerträgliche Leichtigkeit des Seins.

Spaziergänge am Meer oder in den Bergen des Hinterlandes, sowie die ganzen Sehenswürdigkeiten zählten zu unserem Standardprogramm. Mit einem Mietwagen wären wir die Küste entlang gebraust, ihre Füße zum Seitenfenster hinaus. Und sicher hätte ich einen Zahnarzt gefunden, der ihr Gebiss mit Freuden in Ordnung gebracht hätte. Vor dem Zubettgehen ein Gläschen Rotwein, um anschließend wieder aneinandergekuschelt einzuschlafen. Sie in ihrem neuen Babydoll. Ich vermutlich züchtiger bekleidet als sonst. Wir wären nie alleine geblieben.

Rückflüge hatte ich nicht gebucht. Ich liebte die Vorstellung, mit ihr dort unten für immer zusammen sein zu können. Das Häuschen war preiswert genug. Bis zum März des nächsten Jahres 200 Euro für eine Woche. Also keine sechstausend insgesamt. An dem Geld sollte es für eine Weile also nicht scheitern. Auf der Bank hatte ich nämlich all meine Anlagen gekündigt und dies mit der derzeitigen Krise begründet. Jahrelang hatte ich ins Leere gespart, jetzt bekam das Geld endlich einen Sinn. Man machte dort zwar ein langes Gesicht, aber nach eineinhalb Stunden waren einiges mehr als Achtzigtausend auf meinem Sparbuch und Girokonto.

Vielleicht, nein, wahrscheinlich hätten wir an ihrem sechzehnten Geburtstag tatsächlich miteinander geschlafen. Und ich hätte gewusst, ihr dabei nicht wehzutun.

Schon mit den Papieren in der Hand fuhr ich meinen holprigen Weg entlang. Im Radio lief der Song von Luxuslärm. Vielleicht hörte ihn Lisa gerade auch. Wir hatten in allen Radios den gleichen Sender eingestellt. Im Gegensatz zu vielen anderen Malen war die Haustüre geschlossen. Ein überstürztes Hineinrennen gab es nicht. Es steigerte die Spannung. Die Türe aufschließend rief ich singend ihren Namen, mit einem ...*ahaa* am Ende und stolperte fast über ein Paar neue Schuhe von ihr. Ununterbrochen ihren Namen rufend räumte ich das Hindernis zur Seite, schloss die Tür, zog meine Sandalen aus, stellte die Einkäufe ab, dachte daran, dass sie sich hinter einer Tür versteckte oder wieder die Kopfhörer übergestülpt hatte. Ging zu den zwölf steilen Stufen unserer Stiege. Langsam die Ersten hinauf. Rief lächelnd wieder ihren Namen. Sicher würde sie mir gleich um den Hals fallen. Als ich sie auch schon sah. Zuerst einen Fuß, dann ein angewinkeltes Bein und eine Stufe höher ihren merkwürdig verrenkten, nackten Körper. An einem Schenkel der abgerissene Rest ihres Slips. Die übrigen Kleider verstreut und zerrissen im Raum. Der Teppich bis unter ihren Po zusammengeschoben. Der kleine Tisch vor dem Sofa stand schief. Die Vase mit Rosen, ein Glas und eine Flasche lagen zerschellt neben ihrem Körper. Die rechte Schulter blutend in einem Teil der Scherben. Ihre Beine unnatürlich auseinandergeklappt. Auch aus ihrer Scheide war Blut auf die Holzdielen gelaufen. Sie schaute mit einem starren, panischen Blick und weit aufgerissenen Augen an die Decke. Auf den Lippen ein unlesbares letztes Wort. Halb auf und neben ihrem Kopf ein zerknülltes Kissen. Wie betäubt nahm ich eine Hand von ihr. Drei Fingerkuppen waren blutig. Unter den Nägeln Fetzen von Haut.

Ein Pfarrer hat mal gesagt, da oben gibt es keine Sünde mehr. Gut dass ich es weiß. Ich werde es nützen und das Arschloch, das Lisa das angetan hat für alle Ewigkeit quälen. Ich werde ihm Blitze schicken und ihm seine Eingeweide rausreißen, wieder hineinstopfen und von vorne anfangen. Seine Eier kneten bis sie platzen und Pingpong-Bälle dafür einsetzen. Dutzende. Hunderte. Tausende. Sein Körper wird eine Brandblase werden, die ich aufsteche und mit heißer Alufolie wieder umwickle. Ich werde dafür sorgen, dass seine Nerven und Sinne nie nachlassen werden, alles zu spüren. Schlaf und Betäubung gibt es nicht. Seine Augen haben nur noch Schmerz und Leid zu sehen. Millionen Jahre lang. Und ich werde dafür sorgen, dass alle anderen Kerle, die meinen, Mädchen und Frauen seien Freiwild, in der Hölle die Holzscheite für den Topf werden, in dem sie selber garen – bis ans Ende der Welt.

Lisa hat Recht. Das Leben ist im Vergleich zum Tod verdammt schlecht durchorganisiert. Der Tod weiß wenigstens, was er will. Aber das Leben vertut saumäßig viel sinnlose Zeit und hinterlässt häufig einen Berg nutzloser Worte und Sätze. Verbraucht, aber nicht zu entsorgen. Buchstaben lassen sich nicht recyclen. Du musst sie oft, immer und immer wieder aneinanderreihen, damit sie vielleicht einem besseren Sinn ergeben. Nach sechs Wochen denkt man, dass man sich viel erzählt hat, dass es nicht alles sein konnte, war klar, aber dass es so wenig sein würde, erschreckt mich nun. Ich hätte noch für jeden Tag zwei Millionen Fragen mehr. Die wenigen Jahre mit Daniela und die sechs Wochen mit Lisa, die mir mindestens genauso lang vorkommen, hätten für mehrere Leben gereicht. In diesen sechs Wochen überschwemmte sie mich, um in ihren Bildern zu bleiben, wie ein Meer. Mit immer neuen Wassern. Einer ständig glitzernden Gischt. Umspülte mich. Aber jetzt wo sie mir genommen wurde, bin ich so nutzlos, wie ein Strand ohne Meer. Wenn du es ernst gemeint hast mit mir, Lisa, dann warte da oben einen Augenblick auf mich. Wir werden dann Daniela suchen und wenn der Meister da oben anständige Arbeit geleistet hat, ist bei ihr auch meine Tochter. Sie ist jetzt so alt wie du. Ihr werdet euch gut verstehen. Natürlich bleiben wir zusammen. Daniela wird sich freuen.

Ich habe Lisa gewaschen. Wie ein kleines Kind. Dabei ist sie schon bald sechzehn. Sie schließlich auf ein Tuch gelegt und Wasser in die Wanne einlaufen lassen. Verschiedene Öle und Proben hineingetan. Wie sie damals. Es riecht wie an diesem Morgen hoch über Limone. Dazu flackern Kerzen auf dem Boden und in jeder Ecke. Alle, die ich gefunden habe. Ein Lichterfest an einem duftenden, weißumrandeten Meer. Wir sind zusammen in das Wasser geglitten. Ihr Kopf an meiner Schulter. Wange an Wange. Ich blicke an ihr herunter. Sie ist schön geworden. Schmerzlich schön und ich küsse ihre Stirn. Ich streichle ihre Haut, sie ist warm wie das Wasser und zart.

Über die Wanne hatte ich vorher schon ein Brett gelegt. Auf dem steht jetzt mein Laptop. Links neben ihm liegt das Bild von Daniela. Von damals in Taormina. Rechts daneben die Sig-Sauer, die ich mir vor vielen Jahren geleistet habe. Entsichert und durchgeladen. Mit vollem Magazin. Neun Stunden habe ich nun geschrieben und das Wasser wird zum weiß Gott wievielten Mal kalt. Wieder lasse ich ein Schwall warmes nachlaufen. Gleich schiebe ich das Brett ans Fußende. Aber jetzt denke ich mit Lisa in meinen Armen an einen Arzt, von dem ich hoffe, ihm Glauben schenken zu dürfen. Denn der hatte einmal zu mir gesagt, während er die Leiche eines Selbstmörders untersuchte:

„Schau dir das Gesicht an, diesen Schmerz! Wenn du so was machen willst, ohne einen solchen Schmerz zu spüren, muss du dich erstens konzentrieren, richtig konzentrieren, meine ich, und zweitens schnell sein. Verdammt schnell. Sonst leidest du wie er. Fühlst nur wie dein Kopf leer läuft. Womöglich beschissen langsam und stundenlang. Weil die Ladung danebenging."
Er hielt Zeige- und Mittelfinger in sein Gesicht.

„Das Ding musst du einen Fingerbreit über die Nasenwurzel setzen. Ungefähr so. Etwas schräg. Als wenn du durch ein Fernglas in den Himmel schauen möchtest. Und nicht an die Schläfe. Totaler Quatsch. Dabei kann im wahrsten Sinne des Wortes viel zu viel schiefgehen. Nur weil du zweifelst und zuckst. Dann tief durchatmen, richtig konzentrieren und möglichst zweimal abdrücken. Hörst du? Zweimal! Alles andere bringt nur Verletzungen und viel zu selten den Tod."

Zweimal.

Nichts auf der Welt bleibt alleine.

Selbst das Leben hat von Anfang an den Tod als Partner.

Zweimal.

Was ist schlimmer, der Tod oder der Schmerz, den man nicht vergessen kann?

Den man immer spürt.

Zweimal.

Im Recorder Ligabues raue Stimme.

Zweimal.

Ich werde es versuchen.

Zweimal.

Ich werde es schaffen.

Zweimal.

Vielleicht müssen solche Geschichten dieses Ende haben.

Zw

(Andreas Heßelmann, Tuschezeichnung von Rainer Simon)

1958, Duisburg, Niederrhein. Kaum drei Jahre alt, die ersten Märchenplatten, dann Jim Knopf, die ersten (Kinder)-Krimis von Enid Blyton und später die von Jean-Bernard Pouy. Eine von Anfang an spannende und überaus fesselnde Welt, in der ich versank und die ich als Kind mit eigenen Figuren ergänzte. Meine Phantasie war angeregt. Das gilt auch heute noch. Ich wurde Buchhändler, schreibe seit 30 Jahren, erwecke Personen und Handlungen zum Leben und mache daraus Bücher, die ich gerne selber lese. Das ist in meinen Augen entscheidend: Man sollte die eigenen Bücher mögen.

Rainer Simon

Einer der bekanntesten Zeichner, Cartoonisten und Illustratoren Deutschlands. Er arbeitete für das Handelsblatt, die Stuttgarter Zeitung und den Playboy. Illustrierte Bücher von Michael Ende für den Weitbrecht Verlag und gestaltete Bücher unter anderem von Gerhard Konzelmann, Arturo Pérez-Reverte und Salim Alafenisch. Rainer Simon gewann unzählige Preise und Auszeichnungen. - Er lebt in Böblingen.

MIX

Papier | Fördert
gute Waldnutzung

FSC® C083411

Zeitfracht Medien GmbH
Ferdinand-Jühlke-Straße 7
99095 Erfurt, Deutschland
produktsicherheit@kolibri360.de